格非·作品系列

敌人

The Enemy

格非

浙江文艺出版社
Zhejiang Literature & Art Publishing House

目　录

敌　人

引 子

村中上了年纪的人都还记得几十年前的那场大火。那是清明节的一天。天黑下来的时候,村里的人都忙着焚香祭祖。在村头的河边、小树林里到处都出现了星星点点的火光。村里的老和尚日复一日地来到河边挑水,当他看见村中黑压压的瓦楞上空蹿出一丈多高的火苗,还对着正在水码头上洗衣服的女人说了一句:“你瞧那是谁家在化钱?那么大的火。”女人连头都没有抬:“除了赵伯衡还有谁啦?”一丝凉飕飕的风贴着水皮飘过来,混杂着一股焦黄的硫黄气息。女人像是突然想起了一件什么事,在衣裙上搓了搓手,直起腰来朝村里张望:“和尚,你看那火……”

村口黑乎乎的弄堂里跌跌撞撞跑出一个人影,他敲着铜盆狂呼着朝河边奔过来,在他身后,西北方的半个天都被火光映红了,仿佛落日时的情景。蒸腾的紫绛色浓烟在东渐的北风中疾速浮动，在破碎的铜盆敲击时发出的瘆人声响中，偶尔夹杂着一两声火药引燃的爆炸声，到处都是硫黄的气味。村中高大的山榆树、东奔西突的人群在火花中时隐时现。村里所有阁楼的窗子都打开了，露出一张张半明半暗的脸。几个年轻人从祠堂里抬来了水龙，那个像黄牛一样笨重的土制灭火器发出呜呜的叫声。这个村已经多年没有发生火灾了，废弃不用的水龙的喷水管像是被什么东西堵住了，怎么也压不出水来。人们叹息着隐伏在河边的树丛中，无奈地看着火焰卷起一片片店铺的屋顶，大火从傍晚时分一直烧到第二天拂晓。当太阳再一次从村后的桑树丛中露出脸来，一些围观的人已经在河滩上的草地里睡着了。在暖烘烘的阳光之中，一切都重新变得安详起来。邻村或更远地方的人得到火灾的讯号赶到这里的时候，天已大亮。那些面容倦怠的外乡人抬着水龙，拎着盛水的木桶围着那片焦黑的废墟转了几圈，就沿着蜿蜒的水路稀稀落落地往回走。

黄昏时分，一个瘦弱高大的老人拄着拐杖走到了这片瓦砾遍地的焦土之中。他吃力地绕过一座座倒塌的墙壁，不时地停住脚步靠在断墙上喘息。没有烧尽的椽子、棉絮和桌椅依然冒着一股一股的青烟，纸烬和布灰在地上随风拂动。西斜的夕阳映衬着他身后绿色-黄色的背景，他的影子在地上拖得很长。老人在一块赭红的石头上坐了下来，从口袋里掏出水烟锅,望着宁静的天边一言不发。他的眼前不远处是一片竹篱,篱中的油菜花开得正黄,几只白色的蝴蝶夹在金色的蜂群中翩然而飞。再远处就是静静流淌的墨河,河上拱形的石桥像弓一样横卧在水面上。他隐约能看见地平线上模糊的山峦,风在开阔的田野上吹起一道一道波纹。

天色渐渐暗下来,老人一直那样坐着。他整肃而宁静的外表在这片苍凉的废墟中显得很不协调。这个村里的人们在岁月的更迭中早已滤掉了多余的情感,但他们一旦看到赵伯衡那张由于痛苦而扭曲的脸都忍不住要掉下泪来。仆人第三次来到赵伯衡面前。他依旧摆了摆手。没有人知道此刻他究竟在想什么,他也许在估算需要多长的时间才能使那些被烧毁的作坊、店铺和阁楼在废墟中重新生长起来,这个刚毅的老人和他那受人尊敬的先辈一样,依靠勤劳和智慧建立了家业,突如其来的灾难使他一夜之间变得更加苍老。他的身影在晚风中像田野上矗立的稻草人一样显得不真实。在火灾后的最初几天里,赵伯衡依旧孤身一人在门前的白果树下打拳,他想积攒起残存生命的最后一丝光亮,但是那丝光亮仿佛是耗尽了油的灯芯草尖上的火星,在风中扑闪了几下,旋即就熄灭了。半个月之后,赵伯衡终于卧床不起。炎热的夏季刚刚来临,他的身体就开始溃烂,褥子上浸湿的脓血和地上的痰迹招来了无数的苍蝇和蚊子,床上和潮湿的墙根下爬满了白蛆,他独自一人待在那间阴暗的房间里，除了几个端茶送水的仆人之外，在他弥留之际，唯一能够和他常常待在一起的就是他的长孙赵少忠。那一年赵少忠只有四岁。一天晌午，赵少忠看见祖父勉强支撑着身体在床上坐了起来，在一张张宣纸上写着什么。赵少忠走到床前趴在茶几上帮他研墨，老人脸上吓人的表情慢慢消散开，冲着他凄然一笑。

"你在写信吧，老爷？"端茶进来的仆人顺便问了一句。

"写个屁！"赵伯衡含糊地吭了一声，重新陷入了冥想之中。

在飘飘扬扬的第一场冬雪中，赵伯衡终于命归黄泉，一名跟随他多年的家佣替他合上了眼帘。葬礼结束以后，没有人愿意清扫那间不透风的房间，即使在冬天，屋子里也弥漫着一股令人窒息的恶臭。

赵景轩是赵伯衡的第二个儿子。起火那天，他正在漫长的运河上押送一只装棉花的船。他的兄弟姑嫂将残剩的财宝席卷而走，他却独自一个人回到了子午镇上，在那间空空落落的大宅里住了下来。这个忧郁的中年人承袭了先辈沉默寡言的秉性，同时染上了一种颓唐、散漫的习性，他整天衣冠不整，蓬头垢面，慵懒的身影像幽灵一样在村中四处晃荡。

一天早晨，赵景轩突然打开了父亲那间尘封的屋子。他在床下的一只木箱中翻出了赵伯衡写过的那些宣纸。纸上密密麻麻写满了人名。他不知道父亲在临终前为何要将村里几乎每个人的名字写一遍,那时赵少忠已经识得几个字,他朝那几张散发着霉味的宣纸瞥了一眼,长长地叹了一口气。他虽然无法知道祖父抄录这些人名的用心,但几年来一直悬挂在心的谜团总算有了满意的解答。原先,他还以为祖父是在交代藏有财宝的地方呢。赵景轩小心翼翼地翻看那些宣纸,他的脸上渐渐呈现出和父亲垂暮之年一样的神色。当他从外地赶回村里时,村庄的每一个角落都在流传着那次火灾的各种传说。一个年老的家佣告诉他,大火从铁匠铺、木器铺、鞋店里同时蹿出来,根本来不及救。"如果不是上天有意要灭掉这一族,一定是有人故意放火。另外,好好的水龙怎么也压不出水来,也许有人用木塞将水龙头的喷水管堵住了。"

赵景轩整天坐在阁楼的窗前,仔细察看宣纸上的人名,他似乎突然明白了父亲写下这些名字的缘由。那些歪歪扭扭的文字仿佛刻下了赵伯衡临终前孤独深邃的内心。赵景轩把他一生中剩余的几年光阴完全耗费在父亲遗留下来的宣纸上,白天他在村中四处打听那次火灾的每一个枝节,到了晚上他就对着那些人名发愣。赵少忠常常看见他坐在天井中的一株文竹旁,把那些人名一个个划掉。

十年之后,赵少忠在村中的祠堂和一个外乡女子结婚,那场火灾的阴影已经变得模糊而遥远了,但是他的脑中一旦掠过那些宣纸上的人名，就感到浑身无力，新婚的喜悦和内心潜藏的恐惧纠合在一起形成了记忆深处的一个巨大的纽结。

赵景轩五十五岁时死于痢疾。在葬礼的当天，赵少忠最后一次看了看那几张发黄的宣纸，他发现父亲在一个个名字上划了横杠，只剩下三个名字没有划去。他看着走远的送葬的人群，顺手将它揉皱，丢进了燃烧的火盆。

第一章

1

拂晓，赵少忠披上衣服走出了卧房，来到院落之中。那条黄狗依旧伏在石阶上不停地叫着。整整一个晚上，赵少忠被它的叫声搅得难以入眠。他走过去，摸了摸黄狗的头，它柔顺地舔了舔主人的手，然后摇着尾巴消失在院落的树丛中。

现在，天还没有完全亮，越过院墙蜿蜒的瓦楞，他能看见天边泛出熹微的光亮，星星还没有敛迹。料峭的寒风吹动着簌簌作响的干树枝，在远处发出喧嚣的回声。院中高高的回廊在地面的罗纹砖上布下黑黢黢的阴影，他走到那片阴影里，踩着覆满冻霜的草径，来到后院。后院的两侧是一些木结构的两层阁楼，一排低矮的堆放杂物的砖屋把它们连在一起。

赵少忠从口袋里摸出旱烟锅，坐在回廊的一处护栏石上，一边咳嗽,一边吸着烟。不知从什么时候起,他开始有了这样一个习惯:每天天不亮就早早起来,在大院的各个角落转上一圈,然后落座在这片护栏石上,看着天空移动的云影或飘飞的雨雪独自发愣。他眼前不远处是大女儿梅梅的卧房,每天清晨,他都能看到相似的情景:那扇纸糊的窗格中亮起了油灯,窗前映现出梅梅梳妆时浓黑的剪影,然后房间的门吱嘎打开,女儿趿着鞋子到院中的井台上打水。他的小女儿柳柳住在楼上,她常常都要等到太阳爬到了树梢上,才懒散地从床上爬起来,站在阁楼的廊下梳洗。

现在正是寒冷的腊月时光。院中高大的刺树光溜溜的,四下里寂静无声,阁楼那边黑洞洞的,他的女儿还在熟睡之中。他以日复一日的姿势静静地坐着,在渐退的黑暗之中守候天明,他觉得这样很舒服。

赵少忠慢悠悠地吸着烟,头靠着廊下的撑柱,迷迷糊糊正要睡着,一丝轻微的脚步声将他惊醒,他看见女佣翠婶的房间里透出一片毛茸茸的灯光,翠婶拎着铅桶已经走到了院中的井台边。这个像石头一样坚固的大脚女人走路总是蹑手蹑脚,常常突然闪出来吓他一跳。一天深夜,外面刮起了大风,赵少忠听见阁楼上有几扇窗子在风中叮叮当当地撞击着窗骨,他就起身摸到那幢从来不住人的楼上去关窗。在楼梯的拐角,一个黑影突然划亮了一根火柴,赵少忠脚底一软就骨碌碌顺着楼梯滚了下去。黑暗中爆发出翠婶爽朗的大笑：你的胆子怎么像菜籽一样小？赵少忠想起这一幕就觉得屁股上一阵酸痛。赵少忠在石头上磕了磕烟锅，朝翠婶走过去，她正让铅桶顺着井壁放下去，咣当咣当的声音在初升的黎明中传得很远。听到脚步声，翠婶转过身来。

“你早哇，老爷。”

赵少忠走到了离翠婶很近的地方。她的身体在寒风中战栗着，那一对沉甸甸的乳房在她俯身打水时显出清晰的轮廓，宛如盛满了水的暖袋。她虽然已经年近四十，可是在赵少忠的眼里，依然是昔日的模样。当年，赵少忠在外乡遥远的集市上将她领回来的时候，她还几乎是一个孩子。她在这个空空落落的大宅里一住就是几十年。

“你怎么起得这么早？”女人说。

“那条黄狗昨天叫了一夜。”赵少忠说。

“可每天天不亮，我都看见你坐在那棵树下。”女人说。

赵少忠没有吱声，他看见翠婶拎着铅桶往屋里走，又叫住了她。

“你去把哑巴和赵龙叫起来，让他们泡几桶石灰去把伞墙刷一刷。”

“大少爷昨晚没回来。”

“去哪儿啦？”

“大概去酒坊看牌去了。”

“那你让哑巴先去，等天亮了再到村里叫几个人来帮帮忙。”

赵少忠离开了那座院子，拐过一道侧门，走到了后街上。街上冷冷清清的，一些卖木梳、刀剪和簸箕的小摊沿着狭长的街道零星排开。远处的一家铁匠铺里炉火烧得正旺。正对着赵少忠院门的是一个花圈店，店主钱老板正在把店铺的栅栏门搬开叠放在墙上。他一看到店里存放的那些黄色和白色的纸花就忍不住想呕吐。他曾经几次提醒过这位固执的店主，能不能把店铺搬到稍远一点的街面上去：“花圈店正对着我家的院门总有些不太好吧？”钱老板总是不置可否地莞尔一笑。赵少忠也不便再提，但他依然感到它扎眼，特别是那些前来订购花圈的披麻戴孝的人群更使他感到隐隐的不安。

“早哇，伙计。”钱老板一边擦着桌椅一边跟他搭话。

“你早。”赵少忠含糊地哼了一声，继续朝前走。

“前些天我听说你们家的老大从轧面房背回去四十斤白面，你们家像是要办什么大事吧？”

“没什么事。”赵少忠加快了步子。

“有什么喜事别忘了告诉我一声啊。”

“没什么事。”

“你今年高寿？”钱老板从窄窄的门缝里探出头来问了

一句。

“五十九啦。”

越过那条破破烂烂的街面,赵少忠看见远处开阔的平原上,太阳已经升了起来。和煦的阳光把街道尽头的一条闪亮的大河染得橙红。他注视着渡口边来往船帆的影子,在一家茶馆的门前停了下来。他的二儿子赵虎一个月前到江北贩盐去了。年轻的时候,他跟随一个远房的表叔曾经去过那个地方。他记得他们的小船在八百里长的运河上漂荡了六十多天,才赶到海边盐场。再过五天就是他六十岁的寿辰大典,赵少忠急等着赵虎带回那笔钱。

渡口上空荡荡的,不见一个人影。一年四季之中,赵虎很少待在家里,这个机敏而莽撞的年轻人终年流落在外,血液中祖传的儒雅之气早已荡然无存,赵少忠一想起盗匪横行的那片神秘的江北大地,就感到一阵难以言说的担忧。几年之前发生的一件事加深了他的不安。

那是一个瑞雪初霁的大年初二,赵少忠像往常一样坐在门前的白果树下打盹,原野上拜年走亲的人群传来隐隐约约的笑声。晌午时分,他看见村东的一排榆树下远远走来了三个姑娘,她们手里拿着花圈,一边朝村里走,一边停下来向人们打听着什么。那阵子,村西的一个小木匠刚刚死去,起先赵少忠还以为她们是从外地赶来为木匠送葬的,可是那三位俊俏的姑娘走到赵家大院的门前却迟疑地停了下来。她们看了看迷惑不解的赵少忠,然后在白果树下操着外乡的口音叽叽喳喳地议论起来。

“你们找错地方了吧,小木匠住在村西。”赵少忠说。

一个挺着大肚子的姑娘面红耳赤地朝前走了几步:“我们不找小木匠,我们找赵虎!”

“赵虎?”赵少忠嘀咕了一声,感到了事情的不妙。

“你们找赵虎都有什么事?”赵少忠试探地问了一句。

“我们给他拜年来了。”三个姑娘一起说道。

赵少忠瞥了一眼那几只脏兮兮的花圈,似乎明白了是怎么回事。这时,围观的人群渐渐多了起来,他看见几个女人在不远处的弄堂口朝这里张望。

“我家赵虎有事出去了。你们有什么事就跟我说吧。”赵少忠的脸上露出转瞬即逝的笑容。

“我们要见赵虎。”女人们说。

赵少忠还想说什么,在屋里窥视已久的赵虎拎着一把亮闪闪的杀猪刀走到了院外。

“你们找我有什么事?”赵虎吼了一声。

三个姑娘互相对望了几眼。其中一个年龄较小的姑娘见势吓得哭了起来,大肚子女人从口袋里摸出一张皱皱巴巴的契据来:“这上面白纸黑字写得清楚,你总不能一下炕拍拍屁股就走路吧?”

“你们那个该死的地方遭了饥荒就到这里来诈我,别说是扛几只花圈,抬口棺材来我也不怕!”

“我们可以不要你这个杂种,可孩子不能没有爹哇!”在弄堂口纳鞋底的一个女人扑哧笑出了声。

“我宰了你们!”赵虎又晃了晃手里的杀猪刀。

“赵虎!”赵少忠瞪了他一眼,然后压低了嗓门,“人家打老远跑来给你拜年也不容易啊,眼下一只花圈就值七八块铜板,这礼也不算轻。”赵少忠一弓身,把她们让进了院内。

在堂屋里,赵少忠面对着三个哭哭啼啼的女人耗费了一天的口舌,到傍晚的时候,他塞给她们每人一些银两才好歹把她们打发走。

当天晚上,赵少忠拎着花圈到后街的花圈店里去卖,钱老板见状吃了一惊:“伙计,你是从哪里弄来的这些破玩意儿?”

2

到了后半夜,赵龙微微觉得有些困意,在半明半暗的酒坊里,蜡烛烧化的油脂凝结成珊瑚状在桌上堆得很高。门缝中漏进来的冷风使他腹部隐隐有些疼痛。空气中飘浮着浓烈的酒香,除了牌桌,一切都浸没在黑暗之中。墙上挂着的皇历牌被风卷起，扑刺扑刺地发出响声。王胡子满脸酒气坐在他对面，他眯缝着一对小眼珠，每次摸起一张牌都要凑到烛光下去看个究竟。赵龙觉得今晚的运气不太好。坐在他上家的赵立本虽说从辈分上排下来还和他略沾一点亲，可是这个早已沦落潦倒的秀才老是不让他吃牌。

赵龙一连打了好几个哈欠，在睡意蒙眬之中打出一张中间牌，王胡子叫了一声“和了”，呼啦一下推倒了面前的牌，赵龙探过身，察看了一下对方的牌局，从口袋里摸出四枚铜板扔到桌上。

“怎么，困了吧?”坐在赵龙下首的老板娘柔声细气地说了一句。坐在她旁边看牌的更生已经伏在桌上睡着了，口涎流了一摊。老板娘站起身从酒柜里拿出一瓶花雕酒，给赵龙斟了一杯。这个性情无常的女人浑身上下都散发着经年的酒气。赵立本一口接一口地吸着旱烟，在散淡的烟雾之中，那只瘦骨嶙峋的手时隐时现。那是一只赌棍的手，在年深日久的一次次博戏之中，仿佛具有了一种神秘的灵性，它像钳子一样夹起骨牌，拇指在牌面上轻轻一滑，便已明白了是张什么牌。摸过十四五手之后，赵龙已经砌成了一副清一色的万字牌，他的内心感到一阵狂喜。他只要再摸进一张万字，便可以听牌。桌面上的码牌渐渐地少了，赵龙的呼吸变得急促起来，摸牌的手忍不住地颤抖，赵立本瞥了他一眼，顺手丢出一张“六万”，赵龙叫了一声“吃”，然后长长地嘘了一口气，把手中的最后一张闲牌“二饼”打了出去。赵立本哈哈一笑，依次摊开了面前的牌。他一边往烟锅里装着烟丝，一边漫不经心地说：“清一色一条龙一般高二八将……”赵龙下意识地摸了摸口袋，站起身。

“你去哪儿？”秀才警觉地问道。

“撒尿。”

赵龙走到屋外，赵立本随后跟了出来。门外树影婆娑，在幽暗的星光下，大地正在降霜，远处河面上船只的轮廓影影绰绰的，不时传来断断续续的说话声。赵龙重新回到牌桌前，看见赵立本将两手拢在袖子里一动不动。“砌牌砌牌。”老板娘不耐烦地催促着。赵立本依旧没有动，赵龙知道他是在等着自己付钱。

“我该付多少？”赵龙说。

“十二块铜板。”

“欠着。”

“不欠。”

“我真的没钱了……”

赵立本瞟了一眼他的手腕：“把那副镯子脱下来押着。”

“那是我老婆的。”赵龙说。话一出口，他便感到有些后悔，其实那副手镯是从妹妹的梳妆盒中偷来的，他担心柳柳已经知道了这件事，说不定什么时候会突然跟他要。

“老婆?”赵秀才笑得眼泪都快流出来了，“你的老婆在哪儿呀?”赵龙怔了一下，他内心深处的那根弦又被触动了。他仿佛又闻到夏季飘浮在墨河上空的桉叶的清香。那年，他在墨河岸边的滩头上种了几亩西瓜，过了端午节，他便早早地在河边搭了一个草棚，睡在里面看瓜。一天黄昏，一条从外地来的装蚕茧的大船停泊在子午镇上，等待着蚕房的茧壳长硬。每天清晨他从草棚中醒来，都能看见船上的外乡人从墨河里吊水，时间一天天过去了，在间断的几场暴雨过后，墨河水位上涨了几尺，可是他对于身边发生的事一无所知。那天，大雨下到子夜才停，阵雨斜斜地灌进草棚，把他的被褥打得濡湿。拂晓的时候，他提着马灯准备回家去睡。他走到大院前，在一道闪电的光亮之中，他看见院门敞开着，感到有些奇怪。他朝自己的卧房走去，和卧房毗邻的羊圈里传来山羊咩咩的叫声。他推开房门，看见妻子和那条大船上押送蚕茧的一个小白脸躺在床上，床边摇篮里他的不到两岁的儿子正在熟睡。赵龙的嘴边滑过一丝无可奈何的苦笑。他的老婆在惊慌之中赤条条地从床上跳下来，扑通一声在他面前跪倒，抱住了他的双腿，她嘤嘤地啜泣，他的小腿被女人的泪水弄得热乎乎的。他感到有些手足无措，推开了自己的女人，走到屋外，女人“砰”的一声把门关严。在黑暗之中他看见一个人影在不远的地方晃动了一下。

“是谁啊?”那个人影问了一句,赵龙听见是父亲赵少忠的声音,便松了一口气。

“是我。”

“我刚才听见这边有人在哭,就起来看看,”少忠说,“你们又吵架啦?”

“没有,没什么事。”赵龙说。他听见屋里那个小白脸正在慌慌忙忙地穿衣服,皮带上的搭扣发出“窸窸”的声响。赵少忠在夜色中静立了一会儿,便转身走了。几天后的一个晴朗的中午,满载着白花花蚕茧的大船离开了子午镇,赵龙的女人撇下了刚刚断奶的儿子也随船一去不返。村里的几个老人告诉他,他的女人拎着一个蓝布包在午后炽烈的阳光中上了船。

连好几个黄昏或早晨,赵龙像一块礁石一样矗立在墨河岸边,对着迤逦远去的河水独自发愣。这件意外的事很快传遍了子午镇的每一个角落。七月初九这一天,村里的媒婆趁着天黑来到了赵家大院,这个前来提亲的老人面对着一言不发的赵少忠简直有些不知所措,她小心翼翼地绕开了可能引起这个家庭种种不愉快的所有话题,委婉地说明了自己的来意。赵少忠淡淡一笑:“我家大媳妇随船到娘家去了,过不了十天半个月就会回来。”媒婆瞥了一眼像座钟一样闲坐在旁边的赵龙,悻悻地走了。在这一点上,赵龙始终弄不清父亲的用意,赵家也曾暗里出钱雇过几个人到外地去找过她，也一直杳无音讯，时间一长，人们就把这事渐渐地淡忘了。

“你的老婆才不稀罕这副镯子呢，”赵秀才说，“你一个男人家套上女人这些玩意也不怕别人笑话。”

“你就赊他一回嘛。”王胡子在一边劝道。

赵龙没有吭声，他依然沉浸在往昔的回忆之中。他正想得出神，感到桌下有人捏了一下他的大腿，老板娘脸上红扑扑的，额头深深的皱纹上搽着亮晶晶的油脂。女人从桌下伸过手来，把一枚银圆塞在赵龙的手里，那枚银圆湿漉漉的，像冰一样冷，女人的手像水蛇一样光滑，赵龙觉得身上的热气顷刻之间都被那块银圆吸走了。他在凉飕飕的空气中打了个寒噤，把那枚银圆抛到桌上。赵秀才眼睛一亮：“我说你是哭穷，有钱不肯拿出来。”

天亮的时候，赵龙最后一个离开了酒坊。女人绿袄的侧襟敞得很开，她踮着小脚把他送到门外，在她身后，她的丈夫更生依旧趴在桌上酣睡。

3

今天，梅梅早早地来到大窨庄的集市上。再过四天，就是父亲的六十寿辰了。她转遍了集市的每一个角落，不知道究竟应该替父亲买些什么。她在一处花花绿绿的店铺前买了几根扎头发用的夹子和绸布带，又从一个捏泥人的老人那儿买了一只用烂泥烧烘成的蟾蜍哨子，她打算把这枚哨子送给她的侄子。

晌午的时候，她挂着一个蜡染的靛青色的布包，准备往回赶，突然她觉得身后有个人挤了她一下，她扭过头，看见一个满脸麻子的年轻人和她挨得很近。他嘴里吐出的一股红薯的酸气使她忍不住直想呕。她想起这个人好像在身后跟了她许久，她记得自己曾经在什么地方看到过他，但一时又想不起来，她感到背脊一阵发凉，心怦怦地跳了起来。

她匆匆走到一个卖茶水的铺子前，喝了杯热茶，那个年轻人随即跟了过来，他装着若无其事的样子，拨弄着锁匠铺上吊着的一串串钥匙。梅梅咕咕咚咚一口气喝完了茶，抹了抹嘴唇，一低头钻进了人群。她不敢回头看，一种从未有过的恐惧感夹杂着莫名其妙的激动立刻爬遍了她的全身，她慌乱的脚步把迎面过来的挑着湿漉漉水芹菜的一个中年人撞得直打转。在集市尽头的拐角处，她看见那个年轻人依然尾随着他，他瘦长的身体挑着一颗不规则的脑袋在如蚁的人群中像木筏一样漂过来。

她加紧了步子，把喧闹的人声渐渐抛在身后，穿过了一条条长街，趸身走进了一道阴暗狭长的弄堂。细碎急促的脚步声在弄堂的深处回响着，在弄堂的出口处，她犹豫不决地转过身来：弄堂里空荡荡的，那个像幽灵一样的年轻人不见了。它的尽头是一望无边的大片裸露的原野，远处正在种麦的人影在阳光中闪闪烁烁。

梅梅靠着墙壁喘了一口气，擦了擦额角的汗珠。她爬上了一个栽满紫穗槐树的小土丘，走到了旷野之中。她看见子午镇上的一个老女人正提着一篮鸡蛋朝她走过来。

“你怎么现在才来？”梅梅说，“集市都快散了。”

女人放下篮子，取下头巾大声地喘息着：“你怎么往回赶还这么性急？”梅梅本能地朝身后看了看，她感到眼前一阵晕眩。她的呼吸又变得急促起来，她看见那个麻脸的小伙子远远地蹲在一棵掉光了叶子的楝树底下，静静地吸着烟斗。“你怎么啦？”老女人说，梅梅没有吱声。她朝前走出了很长一段距离，还听见女人在身后嘟嘟囔囔地说着什么。那个麻脸人像影子一般跟了上来。

梅梅感到有些害怕，脚底软软的，她看见眼前是空空落落的田野，看不到村庄的影子。她绕过一块闪闪发亮的水塘，一个牧鸭的老头坐在河边的土坡上打盹，河里成群的墨鸭扑哧哧地扑击着水花。阳光暖烘烘的，湛蓝的天空和遥远的地平线像磨盘一样地转动起来。

她不知道在这片旷野里走了多久，她感到那个麻脸的小伙离她越来越近。有好几次,她能够看见自己的脚踩着了他瘦长的影子。她看了一眼远处蛰伏在晌午刺眼的阳光下的那块浓密的树林,她像是意识到了什么,浑身上下都湿透了。

当她走到一条干涸的溪沟边时,她看见沟底的石板桥上停着一辆板车,在轱辘的护架上坐着一个花白胡子的老人。她想老人一定是没法把这辆板车从沟底推上对面的陡坡,就坐在这里等待过往的行人来帮忙。梅梅长长地松了一口气,走下沟溪,和老人搭上了话。

“噢,你就是赵少忠的闺女啊?”老人哈哈大笑起来,“别说是赵少忠,就是赵伯衡我也认识。”

“赵伯衡是谁?”

“说起来都隔了好几辈了,像你这个岁数的人当然不知道。”老人说,他用手指了指远处,“你们子午镇上不是有一座砖桥吗？那就是赵伯衡当年修的。我的父亲是个石匠,那一年在修桥时砸坏了脚,赵伯衡还来我们村看过他。”

梅梅回过头,看见那个麻脸的年轻人站在麦田边的一架早已破朽的水车旁,远远地朝这里张望。

“当年,子午镇上所有店铺都是赵家的,这些年不如从前啦,要不是那场大火……”

“大火?”

“是啊,”老人说,“那场大火从太阳落山的时候烧起来的,一直烧到第二天早晨,我们的庄子虽说跟你们那儿隔了好几里,可还能看得见火光。"

"来吧,帮忙搭把手。"老人说。他走到板车前,俯下身体拉动了板车。梅梅推着吱吱嘎嘎的车轱辘,费了好大的劲才把它弄上对面的那道陡坡。

"刚才我一看见你就觉得面熟,"老人说,"只有赵家这样的大户人家才会出这么漂亮的闺女。"

梅梅踩着那辆板车在化冻的地上划出的车辙往前走,老人沉浸在往事之中,喋喋不休地说着什么。他们走到那处黑森森的树林边上,梅梅看见那个年轻人依旧站在那儿,在耀眼的光线下,他的身影像水车一样显得影影绰绰的。

梅梅帮老人把车推到林子背后的村庄上。她在老人的那间草房里喝了杯水,过了正午才往家赶。

她走到家门口的时候,太阳已经偏西了。她看见被雨水浇得霉黑的伞墙上架着一把木梯,哑巴拎着一桶石灰从院子里走了出来。他的脸上、头上到处洒满了石灰浆,梅梅依然不敢朝身后看,她总觉得那个像幽灵一样的麻脸人一直跟随着她。

院子里赵龙和猴子不知为什么事扭打在一起,他们在地上翻滚着,身上沾满了草茎和泥土。翠婶端着一盆衣服笑呵呵地走到廊下:"你看,你们哪里像一对父子,简直就是兄弟俩。"

4

天色将晚的时候,翠婶在厨房里洗碗。窗户上糊的硬纸有几处被风吹破了,纷纷扬扬的雪花不时飘了进来,落在热烘烘的灶台上。大雪在午后就开始下了起来。现在,她能看见窗外的地面上模模糊糊一片银白。在冰凉的微风中,她听见院门吱嘎响了一下,借着积雪的亮光,她看见院子里空荡荡的。翠婶撩起衣服擦了擦手正准备出去看看,黑暗之中突然闪出的人影把她吓了一跳。

“是我,赵虎。”那个人影用粗重的嗓音说了一句。翠婶走到灶下,点亮了火。在渐亮的油灯的光线下,她看见赵虎像个雪人一样站在厨房的门槛边。他的腿上裹着绑带,上面粘满了硬邦邦的污泥。他的蓬乱的头发灰蒙蒙的,酱红色的脸上爬满了浓密的胡茬,像是很久没有洗过了。

“你看上去一下老了许多,我都有些认不出来了。”翠婶说。

赵虎走到水缸边,拿起木瓢舀了半瓢凉水,仰起脖子喝了起来。

“父亲呢?”他说。

“大概在房里看书吧?”翠婶说,“这些日子,他天天都要去码头上看你,怎么这么久才回来?”

赵虎没有吭气,顺手将木瓢扔进水缸,抬起袖子擦了擦嘴,转身走了出去。

翠婶看着他的背影消失在黑暗之中,叮叮咚咚的脚步声绕过那排长廊往后院去了。很久没有听到过这样的声音了。她想起第一次来到这个深邃的大院里,赵虎还没有降生。每当这个高大结实的小伙子突然出现在她面前,她便不由自主地陷入对往事的记忆中去。飘飞的时间在那些年年盛开的鸡冠花和天竺花丛中悄悄地溜走了,过去的事回想起来像梦一样遥远。她在这个陌生的子午镇上居住了近二十年,她依然觉得好像刚刚到来。这个空落的院宅和日复一日的寂静夜晚总使她有一种无法说明的感觉:空空荡荡,无所依傍。罗纹砖上的青苔长了一层又一层,后院那些经年关闭的房舍中挤满了老鼠,每逢大雨过后,那些老鼠便三三两两地在花园里乱窜。

越来越远的脚步声使她感到异常宁静。她在院中站立了一会儿,后院那边传来了说话的声音。

5

赵虎坐在父亲的对面,断断续续地说着话。那只快要坍塌的藤椅有几处破损了,散开的藤条像蛔虫一样萦绕在椅子的扶手上。赵虎心不在焉地拨弄着藤条,感到有些不自在。赵少忠慢慢地喝着茶,不时地将书本从眼前挪开,说上一两句话。赵虎在独自一人面对父亲的时候,总感到一种莫名其妙的紧张,尤其是沉默不语的时候,他更是手足无措。在他的记忆中,父亲像是对沉默上了瘾,在他那两片薄薄的嘴唇中似乎隐藏了无尽的心思。

“你的行李呢?”赵少忠问。

“在路上碰到了一伙劫道的……”

赵少忠翻过一页书,看了他一眼:“冬天运河的水太浅,有几段船不太好过吧?”

“是的。”赵龙搓了搓手。他看见翠婶端着一盆洗脸水推门走了进来。她将脸盆搁在桌上,在赵虎的边上找了一个凳子坐了下来。她唠唠叨叨地跟赵虎说起了一些村里无关紧要的事。

赵少忠日渐发胖的身体瘫在一张狭小的红木椅子里,苍老的脸上爬满了紫褐色的痣斑,像晒干的稗草籽。赵虎记得小的时候曾经问过母亲:“爸爸的脸上有好多黑斑,为什么我没有?”母亲咳嗽着从床上侧过身搂住了他:“你现在还小,长大了就会有的。”那是他最后一次听到母亲说话。她的面容像那个黎明渐渐消退的阴影一样在他的眼前变得模糊了。他记得母亲的身体蜷缩在那张硕大的床上显得很小。在那个孤寂的小阁楼里,他每晚都挨着母亲睡觉,她的身上突出的骨节把他带入一个又一个不安的梦乡。他从来没有见到父亲到这个楼上来过。床台上堆放着一排栽着鲜花的瓦盆,晚上他常常被那些鲜花扑鼻的香味熏醒。在一个郁闷潮湿的傍晚,当他的母亲躺在厢房黑漆漆的棺盖上准备入殓的时候,他看见一个穿着黑色衣服的巫婆一样的女人走到母亲身边,她将一朵洁白的栀子花放在碗里浸了浸水,放在母亲的胸脯上。"所有的鲜花都有毒,"老人说,"鬼魂总是混杂在花的香味中在夜间钻入人的鼻孔……"从那以后,赵虎一闻到鲜花的香味就忍不住直想打喷嚏。

现在,屋外没有一丝动静,雪在无声地下着,屋顶天窗的玻璃上盖了一层蓝幽幽的积雪。不知什么时候,赵龙和柳柳搀着跌跌绊绊的猴子走了进来。

"这一次怎么出去得这么久？没出什么事吧?"柳柳说,她打了个呵欠,一副刚刚睡醒的样子,身体瑟瑟发抖。

"在回来的路上碰到一伙劫道的,晚了几天。"赵虎说。

赵龙说:"劫道的又是一个女的吧?"

柳柳笑了起来。

"是女的又怎么样?"赵虎瞪了他一眼,赵龙便不再作声。

"原来是遇到了劫道的,"翠婶说,"刚才我在厨房里就看到你的袖子上有血迹。”

“钱呢?”赵少忠突然问了一句。

赵虎笑了一下:“那伙人掳走了我的被褥行李和带回来的一袋盐巴,钱倒是没有被抢去。”

他脱下身上那件破夹袄,砰的一声扔到桌上,寂静中发出金属的沉甸甸的声响。赵虎把夹袄翻过来,撕开两边的夹层,取出几枚亮晶晶的银锭。

这时,大门被风突然吹开了,屋里的人都吃了一惊。从门洞中灌进来的北风把蜡烛的火苗吹得呼啦啦直响。一条黄狗从阴暗中摇着尾巴钻进来,对着赵虎狂吠了几声。翠婶摸了摸它湿漉漉的皮毛,它便屈膝伏在了地上。

“快去洗脸吧,”翠婶对赵虎说,“打来的水都快要凉了。”

赵虎站起身,准备去洗脸,赵少忠叫住了他:“你刚才说被一伙人劫了道……那是在什么地方?”

“偃林寨。”

“偃林寨?”

赵少忠托起下巴陷入了沉思。

赵虎的话一出口,便感到有些懊悔,他的眼前又出现了黑压压的群山和天空中挂着的惨白的月亮。偃林寨是南北运河水路的唯一通道,运河像一道弧线在夹岸的峭壁中蜿蜒划过,地势十分险峻,所有过往的生意人都知道偃林寨意味着什么,经过的商船一旦给那伙终年盘踞在那儿的劫匪上了手，即使有人能够逃得了性命，也休想带回一针一线。赵虎又回想起小时候他家的一个用人被劫后，失魂落魄地逃回来时的情景：他赤身裸体地跑进院子，像是刚刚在血水里洗了个澡。

“偃林寨……”赵少忠一遍又一遍地念叨着。

“管他是偃林寨还是别的什么寨子，只要人没出事，管他呢！”翠婶说。

赵虎在洗脸的时候偷偷地瞥了父亲一眼，一本发黄的线装书在暗红的烛光下遮住了他的脸，赵虎松了一口气。他不知道父亲是已经记不清偃林寨这个地名，还是识破了他的谎言故意没有追问。

猴子蜷伏在柳柳的膝间，歪着头看着他。赵虎朝他走过去，他就怯生生地躲到柳柳的身后。赵虎苦笑了一下，像是想起了一件什么事。

“梅梅呢？”他问道。

“到米房舂米去了。”柳柳脸色阴郁地说。

6

黄昏的时候，天空依旧飘扬着大雪，柳柳夹着几刀黄纸到村头的小树林里去烧。她在河边的滩头扫净一块积雪，露出鹅黄的枯草，把那叠敲满钱眼的黄纸架在树枝上，这时，她看见雪野中一个佝偻的人影朝她慢慢走来。

这些天，柳柳总感到有一种不祥的影子紧紧跟随着她，在被啼鸟唤醒的黎明的睡梦中，在窗后枣树的枝条拂动的阴影里，在她照镜子的时刻——镜子是一件危险的东西，她常常从里面看见自己虚幻的面容，就像在凋谢的花丛中看见过去。从来没有人向她提起过以前的事，这个即将颓圮的院宅中所有的一切都和过去牵扯着：褪了色的梳妆盒，尘封的气息，高大的刺树下一口口盛水的缸，散乱地堆放在墙根的滴漏，稻箱和像蜘蛛网一样的纺车。她似乎看见那些早已死去了的人依然隐伏在它们的阴影之中，在月黑风高的夜晚悄悄爬过窗台，走进她的卧室，坐在她的床前守枕待旦。她的记忆之中残存的那些梦魇不时地浮现在她眼前。她梦见院子长出了大片的麦穗，一个老人牵着绵羊怎么也走不出这块麦地，羊粪像枣核一样扑扑簌簌掉在她的脸上，压得她喘不过气来；她梦见两个独臂的道士一前一后在桑林里行走……

那个人影走到近前，柳柳认出他是村里的一个皮匠，皮匠提着装满狗屎的粪箕，在她跟前停了下来。她听说天一下雪，拾狗屎的人就多了起来。那些黑乎乎的粪便在雪野冻得铁硬，远远就能看见。

"点不着火了吧?"皮匠笑嘻嘻地蹲下来,"我来帮你点吧,你看,你的手都冻得像胡萝卜一样红了。"

皮匠握住了她冰凉的小手。柳柳感到他那粗糙的手掌非常温暖。这个鳏居的皮匠住在村东的祠堂里,他的懒惰和轻薄的举止所积累的坏名声成了子午镇上妇女们永远不会厌倦的话题。她记得几年前的一个中午,她的父亲在院中的葡萄架下教她识字,皮匠的身影从侧门晃了进来,他是来向翠婶借七星秤的,他一边和翠婶说着话,一边朝柳柳这边看。赵少忠不知因为什么事刚一走开,皮匠就凑了过来,他拿起她面前的识字本看了一下:"门前青玉案,篱畔蝶恋花,你父亲倒是好文才啊,好吧,大叔也说首诗考考你,你猜猜是个什么字。"皮匠四下里看了看,压低了嗓门:

一个女人没来由
和一个皮匠轧姘头
被三岁的小孩撞见了
还是皮匠在上头

柳柳脸上一阵通红。今天早上柳柳第一次起得这么早,再过三天,就是她父亲六十寿辰了。她踏着咯吱直响的楼板,朝院里走去。在最后一级楼梯上,她踩到一堆软乎乎的东西上,冰凉的气流立刻沿着她的脚底传遍了她的全身。在天空灰褐色的光亮中,她看见那是一只死鼠。

老鼠怎么会死在这儿?它的肚子鼓鼓囊囊的,张开的尖嘴中露出白灿灿的牙齿。柳柳绕开了它,走到院子里。她看见父亲坐在不远处的一块护栏石上,慢慢地吸着烟。她常常看见父亲像一块风动石一样坐在那儿。她想起天快亮的时候,她听见屋外的风声像孩子的呜咽一样,她在这种令人心怵的叫声中模模糊糊地睡去,隔不多久,屋顶的瓦楞上发出的响动再次将她惊醒。她好像听见有人在屋顶上走,瓦片被踩碎的声音清晰地传过来。柳柳披上了衣服走到了卧室外的走廊上。她看见大雪飘飞的夜色之中,对面树丛里烟斗的火光忽闪忽灭,她知道是父亲坐在那儿,就返身进了屋。

翠婶已经早早地起来了,她正举着一根绑着鸡毛的竹竿在打扫廊下的积灰。

"柳柳,"赵少忠说,"天快亮的时候,我看见你到走廊外转了一转,你看到了什么?"

"没有什么。"柳柳说。

"你是不是听到了什么声音?"

"没有,"柳柳怔了一下,"我听见外面的树枝被大雪压断了,就出来看看。"

"你总是疑神疑鬼的,"翠婶说,"我看见你每次去关院门都要探出头去看看门外,我真担心你会给吓出病来,晚上要不要我来陪你睡?"

"不用了。"柳柳勉强笑了一下。

"整天抖抖索索的,看见自己的影子也要吓一跳,我真担心你会被吓出病来。"翠婶沉浸在她劳作的快乐之中,唠叨个没完。

柳柳迷迷糊糊地穿过院子的北门,走到了大街上。今天是香火节,她跟着三三两两的香客在飘飞的雪花之中朝南山走去。

现在,天色渐渐地暗了下来。柳柳看见在背风的河坎上,没有被雪花覆盖的鱼尾纹滩涂在将近的夜色中落满了小鸟。它们叽叽喳喳地叫着,挤缩成一团。

"你看,你的手都冻得像胡萝卜一样红了。"皮匠说,他见柳柳没有抽回她的手,又朝前移了移,她能看见那张黧黑的脸被火光照得通红,像映入夕阳的窗子。水珠从旁边的杉树枝上滴落下来,在火苗中发出扑哧扑哧的声音。她又想起了南山的那座庙宇,焚烧的香的热气把屋檐上的积雪都烘化了。午后,香客们快要散尽的时候,柳柳在一个老迈的女尼对面坐了下来。这个女人毫无顾忌地脱下青纱帽,搔着头皮,柳柳发现她的头发不像是被剃掉的,倒反而像是自然掉光的一样。

"你梦见麦穗梦见蛇梦见道士在桑林里走,这些都没什么。”女尼说,“只要不梦见下雪。”

“可是我梦见我的父亲……”

“你父亲什么?”

柳柳满脸一阵绯红。

女尼打了一个响嗝,喝了一口茶:“你不说我大概也能猜得到。你回去到河边烧几刀纸驱驱邪吧。”

柳柳觉得手背上一阵毛茸茸的,像虫子在爬。皮匠将另一只手放到她的脖子上,柳柳听得见自己的呼吸声在寂静的旷野上变得急促起来。雪越下越大了,她隐约看见身后的村子里已经点上了灯。

“你的手粉嫩的。”皮匠吐出一口一口热气,把声音压得更低,“你的身上每一处都是嫩的,像竹笋刚刚从地里冒出来还没有长熟,像个小疙瘩……”

柳柳紧咬着嘴唇一声不吭。

“赵家的女人都像你一样漂亮,可她们全是骚货。她们在羊圈里,在铁匠铺的火炉前,在麦地里……哈,你知道她们在干什么?她们大腿绷得笔直,有的是用不完的力气……”

皮匠的一只手绕过她的脖子,滑到了她的胸口:“我知道怎样把火越烧越旺……”

柳柳看见那根粗圆的枝条在那堆纸烬中烧得通红,她悄悄地抽出了它,皮匠还在喃喃地说着什么。她突然一闪身,把烧红的枝条按在他的手背上,她立刻闻到了空气中散发出的一股皮肉被烧焦的气息。

皮匠一撒手,翻身滚倒在雪地里,他的牙齿咬着地上露出的草皮,发出呜呜的叫声。

柳柳站起身,头也不回地朝村里走去。

7

哑巴站在那架木梯上朝墙上刷着石灰,蜷曲在墙根下的一条黄狗静静地陪伴着他。天空在晌午的时候晴了一下,现在又开始阴沉下来,零零星星地飘着雪珠。翠婶拎着一篮鲜艳的荠菜到河边的水码头上去洗,走过他身边的时候,她比画着手势跟他说了些什么。哑巴知道她是说那架梯子把墙脚下的一垄鸡冠花压倒了。

许多年之前,哑巴跟着一支唱花集的戏班子来到了子午镇上。他蓬头垢面,衣不蔽体,跟着那支披红挂绿的花集班子歪歪斜斜地走着,他手里拿着一块刚刚从地里刨出来的红薯,一边吃着,一边哼哼唧唧地说着什么。起先,人们还以为他是花集戏班子里的丑角。那支戏班子在子午镇的祠堂前演了三天,在一天黎明撇下他悄悄地离开了。子午镇上的很多人至今还记得那天早上哑巴从河边的棚屋里醒来时丧魂落魄的样子,人们从他炭灰一样污黑的脸上看到了巨大的恐惧,他挨家挨户地敲开了村中所有人家的大门,用谁也听不懂的哑语打听那支唱花集的戏班子的行踪。

那天,赵家祠堂的三老倌不知因为什么事正在和他的老婆怄气,看见这个丑陋的外乡人推开了自己的房门,就顺手给了他一巴掌,哑巴差一点没给打得飞起来。三老倌走到门外对着围拢的人群看了一眼:"你的那些婊子姑佬有三四十个人,我难道能把他们藏在鸡窝里?"

哑巴满脸是血,他从地上爬起来就听见那扇门砰的一声关上了,所有的人都冲着他笑。他不知道人们在说些什么,他站在祠堂门前显得有些不知所措。随后人们看见这个可怜的外乡人摇摇晃晃地朝河边的那片浓密的树林走去。他不知道从哪里弄来了一些干树枝、稻草和破蒲包,在一棵背风的榆树下像鸟一样筑了一个巢。

人们看见他终日躺在那片不见阳光的树林里,露水和春末的绵绵细雨把他的衣裳打得濡湿。几天过去了,除了几个小孩远远地朝他躺着的地方扔几块烂泥之外,没有人去过那片林子。人们以为他早已死了或者正在奄奄待毙。前一年,子午镇上遭到了多年未遇的雹灾,眼下饥荒正四处蔓延,镇上的大部分店铺都关了门,谁也不愿意收留这个不会说话的外乡人。

一天中午，人们看见赵少忠的女人拎着一只竹篮走进了那片树林，这个病病歪歪的女人的如此善举勾起了村里人对于往事的无穷无尽的回忆。他们甚至想起了赵伯衡，这个面容刚毅令人生畏的男人却有着一副菩萨心肠，镇上的小孩习惯称他为“爸爸”的时光又一次浮现在人们眼前。人们想起在赵伯衡的高大的身影中度过的数不清的灾难和恍若隔世的快乐光阴，想起他临终前那场大火的惨景，忍不住掉下泪来。不久，这个孱弱的女人成了他们默默仿效的对象。每天都有人端着稀粥和面馍走进那片阴暗的树林。当时，这个孤独的哑巴正躺在那片湿漉漉的稻草上仰望着天空，等待死神的降临。当他在昏昏沉沉的睡意中发现身边的几只白馍和糠团时，还以为自己在做梦。那些天，不时有一些小孩子带着迷惑不解的目光来到他身边，在地上放下一些食物。那些吃不完的食物在渐渐来临的夏季开始腐烂，招引来了成群结队的蚱蜢和臭虫。那些日子，人们常常看见他在树林里点燃一堆干柴熏蚊子。

六月二十七日是一个吉祥的日子，赵少忠决定正式收留这个外乡人。几天之后，当哑巴穿着一身浆得挺硬的麻布衫出现在村里时，人们简直不敢相信自己的眼睛。事实上，人们发现他根本不像原先想象的那样丑陋。在赵家的日子一久，他的萎黄的面色渐渐润泽起来，这个起先浑身散发着恶臭和霉味的外乡人慢慢长成了一个壮实的小伙子。他天生的沉默和勤劳使得村里人开始愿意和他接近。甚至几家正愁嫁不出闺女的人家开始琢磨着来赵家提亲。就在这时,突如其来的闲言碎语纷纷扬扬地在镇子的每一处阴影里传播开来,人们习惯于把这个聋哑人和赵少忠女人的贞操连接在一起。村里磨坊的几个年轻人多次扬言,他们曾亲眼看到在赵少忠外出做生意的那段日子里,哑巴在院子里帮他的女人洗澡……

这些闲言像季候风一样不时刮过赵家的院墙,赵家女人的哮喘病一天天地加重。那年深秋,赵少忠的女人在一场滂沱大雨中咽了气。尽管村里的巫婆认为那不过是天上的花神的定期的邀约,但村里人宁可相信另外一种说法。七天之后出殡的时候,哑巴一反常态伏在雨流如注的棺盖上哭得死去活来,没有人相信哑巴的泪水是出于感恩的悲痛。

在半阴半晴的午后的阳光之中,哑巴哼哼唧唧地朝墙上刷着石灰,梯子在大风中不断地摇晃,鬃毛刷冻得像石头一样硬,木桶里的石灰浆也结了一层亮晶晶的冰碴子。透过伞墙上那扇木格窗,他看见院子里堂屋的门紧紧地关闭着。门缝中牵出一条细细的白线,在风中荡成一道弧线,白线的一端系在一只筷子上,筷子支撑着一顶竹筛。他知道那一定又是猴子在捉鸟。

有几只梅鸟栖息在屋檐下的排水槽上。那些胖乎乎的小鸟缩着脖子,叽叽喳喳地叫着,不时四处张望。他看见一只绿色的小鸟朝地面俯冲下来,钻进了筛底。门缝中那条白线轻轻地颤抖了一下,像琴弦一样绷紧了。倾覆的筛子把小鸟罩在下面。猴子兴冲冲地推开门,跑了出来。在他身后,哑巴看见赵少忠领着一个陌生人从回廊的拐弯处闪了出来。这个满脸麻点的小伙子像是在晌午的时候就来到了这里,他穿着笔挺的长衫拎着沉甸甸的木匣子犹豫不决地走进了赵家大院。

赵少忠满脸笑容和他说着话,慢慢地往外走,他们绕过一处砖砌的花坛,在门口停了下来。年轻人一边朝门外走,一边朝厨房那边张望。梅梅正在灶下洗碗,她乌黑的辫梢被风吹得像羊毛一样散开,碗杯在陶钵里发出叮叮当当的声音。赵虎蹲在早已枯萎的忍冬藤边的碌碡上,嘴里咬嚼着一根草茎,看着那个麻脸人在旷野里渐渐走远。

8

"那个麻子是一个流氓。"赵虎说。

"你怎么见得?"

"反正他是一个流氓。"赵虎从忍冬藤上折下一根枯枝,跳下碌碡,走到赵少忠的跟前。

"几年前我在大窑庄的集市上卖秧草籽,曾经和他打过几手。”赵虎说。

“年轻人打场架算件什么事?”

“你去大窖庄打听打听,他们兄弟七八个搅得镇子整日不得太平。”

“就算他是个流氓,与我有什么相干?”赵少忠说。

“我是说你其实用不着对他那么客气。”

赵少忠一阵剧烈的咳嗽。

“他来这里干什么? 赵家又没人认识他。他都跟你说了些什么?”

“没什么。”赵少忠背过身往回走。

梅梅端着一盆水从厨房里走了出来,赵虎没有再说什么。

9

今天,赵少忠一觉醒来,天已大亮了。他在院子里来回转了几圈,浑身感到有些不自在。

梅梅正拿着一把扫帚清扫院中的积雪,翠婶也已早早起来,在厨下忙开了。明天就是自己的六十寿辰了,赵少忠走到门外的阳光底下,看见那棵掉光了树叶的白果树一如往昔的样子,仿佛听到了时间在他身边流走的回声。他在白果树下的一只矮凳上坐下来。户外的空气渐渐变得暖和起来,天上的云层被强劲的西风驱散了，一连几天乌云密布的天空清澈如洗。他聆听着大雪初霁的旷野上传来的各种声响，那些攀附在摇曳的无花果和忍冬花上的逝去岁月一幕幕在他眼前闪现。在日晷伸缩的阴影之中，他感到自己像是仅仅经历了一些事情的头和尾，一些残缺不全的片段。

家人忙忙碌碌的身影在院子里飘来飘去，他记得赵家已有多年没有办过红白大事了。他想起最近的一次就是赵龙的婚礼。那次婚礼迄今已有近十年之隔，但是赵少忠依然能够清晰地记得它的每一个枝节。当那个如花似玉的外村女子站在他的面前，揭开红红的面纱向他敬酒的时候，赵少忠感到内心深处像是被黄蜂蜇了一下，他连续的咳嗽使他端着的酒杯不停地摇晃，浓稠的酒汁滴滴答答掉在桌子上。花圈店的钱老板顺手把早已藏在桌下的一顶破草帽盖在他的头上，那顶发霉的草帽上绑着一根染成绿色的鸡毛，然后，村里的三老倌把一只扒灰用的木锄头塞在他手中，在众人的哄闹之中，他用含混不清的声音一遍又一遍地重复着使他浑身躁动的那两个字：

扒灰扒灰扒灰……

那个外村女子露齿一笑，他感到那笑容在顷刻之间便在冰凉的空气中冻结住了。在她的身后，门洞中洒满了阳光。赵龙戴着一顶纱纺的礼帽，帽檐压得很低，他扶着门框朝这边张望。他那颓唐的身影像某种易碎的器皿，在深褐色的背景之中显得影影绰绰的。

没有人知道他在想什么，赵少忠拨弄着怀里的铜质火炉，目光越过那片低矮的榛树丛，滞留在不远处的那一堆断垣残壁上。那次大火的遥远印象一直紧紧地跟随着他。白色、灰色和黑色的蝴蝶在那些枯萎的臭椿中飞舞着。他看见猴子在雪地上滚动着一只旧铁箍，跌跌撞撞的身影已经跑到了子午桥头。赵少忠的目光在他胖乎乎的背影上驻留了片刻，便像蛇一样游开了。那条砖砌的拱桥迎风的一面覆盖着一层白皑皑的积雪。大风从河上吹过，那些雪片像杏花一样纷纷扬扬飘落在冰封的河面上。

晌午的时候，暖洋洋的光线烘化了地上的积雪，那些雪水顺着鹅黄的草皮裸露的根茎，亮霍霍地流到墨河里。赵少忠看见两个瞎子已经走过了子午桥，来到子午镇前的那片大晒场边上。人们记得每逢过年过节，他们总是在空中飘散的鞭炮氤氲的气息中蹒跚而来，在晴天明朗的阳光下，人们在大清早就能看见他们翻过马脊山的山坳，在空旷的雪野里艰难地行走。没有人知道他们来自何处。这两个看上去像一对夫妻的算命人用竹棒敲击着硬邦邦的冻土，在晒场边的一座草垛旁撞在了一棵树上。

村里有人在晒场上扫净一片淤雪，搬来了几张凳子，让他们坐下。渐渐聚拢的人群在寒风中圈了好几圈。赵少忠的眼前浮现出那两个瞎子算命时的情景：他们在地上铺上一块油布，把一只盛满草签的竹筒在手里摇一摇放在油布上。签条是用芦秆和羊齿草的草茎做成的，人们从竹筒中一连抽出六根签交到瞎子手中，瞎子一边细细捻捏这些草签，一边嘟嘟噜噜地预测着吉凶祸福：

一忌水

二忌火

三忌腊月动韭

四忌看见蛇进洞

……

两个挑着稻草的年轻人来到赵家大院的门前："赵老爷，你们家的柴火放在哪儿？"

"就搁在院子里吧。"赵少忠说。

"还是堆到厢屋的草房里去吧，"翠婶不知什么时候来到了门外，"院子里湿乎乎的。"

"也好。"赵少忠说。

晒场那边的喧闹声渐渐消失了，人群散开后，两个瞎子一前一后朝赵家大院走了过来，赵虎"砰"的一声就把院门关上了。瞎子听到响动，便止住了脚步，亮开了沙哑的嗓子不紧不慢地唱了起来。瞎子的身上粘满了烂泥，眼窝陷得很深，没有眼珠的双颊上黏附着风干的眼屎。

赵少忠点燃了烟斗，他看见猴子滚动着铁箍已经走到了那座空荡荡的桥上。在他身后，融化的积雪中露出大片犁过的土地，猴子的脚底不断地打着忽闪，赵龙蹑手蹑脚地弓着腰，慢慢地朝他追过去。

“滚滚滚……”赵虎拉开院门朝瞎子吼了一声。

柳柳站在门槛的一侧纳着鞋底，她哎呀叫了一声，像是让针尖扎破了手。

“你就不怕报应啊？”柳柳说。

“报应？”赵虎瓮声瓮气地说，“你以为他们真会算命？他们只不过是两条闻到了香气的狗，出来混口饭吃。”

瞎子的声音戛然而止，像一场淅淅沥沥的小雨停止了宣泄，赵少忠又一次沉浸在那场夏日的淫雨之中，沉浸在那片模糊的灯光里。那场突如其来的暴雨一连下了七天，院子中已经积了几寸深的水，雨点敲打着树叶和遍地的瓜藤，淹没了树丛和草地，他的眼前再次浮现出那条暴雨涨溢的河流，那条装载着雪白蚕茧的大船在正午的阳光下越走越远。赵少忠心中积存已久的那个红色的影子，像山后隐没的夕阳，在彤红的天空中余下几缕游移不定的光芒。

10

厨子挑着碗碟来到子午镇上的时候，地上刚刚开始解冻。赵少忠远远地迎了出来，在身上散发出来的熏衣草和薄荷的香气中，他感到一阵隐隐的激动。墨河对岸的一条长满柳树的小道上，厨子担子上挂着的银白的刀具在阳光下闪着耀眼的光芒，叮叮当当的声音像风铃一样传得很远。

闻讯起来祝寿的人群早早地踩着冻土来到了村前，这些远亲挑着花花绿绿的寿礼，像赶集一样翻过高高的马脊山，在雪野里艰难地行走着。那些风韵犹存或日渐衰老的女人脸颊被风吹得红扑扑的，没完没了地和赵少忠谈起陈谷子烂芝麻般的往事。赵少忠和这些亲戚断了来往已有多年，纷至沓来的一张张似曾相识的面孔勾起他一连串残缺不全的记忆，过去的事情像墙上刷的一层层石灰，在风雨霜雪之中早已改变了它原先的颜色。一个接着一个前来向他祝寿的人在他眼前晃来晃去，男人们慵懒地蹲在墙角吸着烟斗，女人的笑声在井栏的阴影中荡漾开来，在裹满雾气的河道上空飘浮。

赵少忠昨夜通宵未眠，他毫无倦意地站在白果树下，久已消失的肌肤的光泽再次洋溢在他的脸上，他看上去一下年轻了许多。

真是难得的好天气，刮了一夜的大风在黎明时突然停息下来，屋顶上融化的积雪把院子里的枯草浇得湿漉漉的，灿烂的阳光静静地依附在树篱和河道的边缘，在小鸟的啁啾声中，空气甜蜜而安详。

村里帮佣的女人高挽着袖子，露出丰腴的手臂在他身边进进出出，梅梅和翠婶在院中的花坛边小声地嘀咕着什么，在她们身后，赵龙正把一捆捆鞭炮搬到阳光下来晒，那条黄狗摇着尾巴在阴沟边逡巡。

村里的客人来得稍稍晚了一些。花圈店的钱老板到晌午的时候才来，他拎着两只覆盖着红布的漆盒，走到了白果树下。

“伙计，这么大的事怎么也不向我漏个风儿？”钱老板说。

“你从哪儿得到了信？”赵少忠呵呵一笑。

“我是看见你们家的客人来才知道的。”

“什么事瞒得了别人也瞒不过你，”赵少忠说，“白天人多事杂，我正琢磨着晚上请你来喝两盅。”

“这是什么话，你是怕我送不起礼还是嫌我的晦气？”

“哪里，”赵少忠说，“近来生意还好吧？”

“生意？做我这个买卖生意倒是越清淡越好。”

赵少忠似乎觉得在这样的气氛中谈论这些有些不太合适，正想重新换个话头，他感到背后有人在他肩上拍了一下。

他回过头，看见村里酒坊的老板娘正冲着他笑。她的丈夫更生，一个干瘪的小老头一瘸一拐地跟了过来。她头上扎着一方鲜艳的头巾，笑吟吟的脸上涂着一层厚厚的胭脂，像一扇新木板门刚刚刷上一层桐油。老板娘虽然已经年过四十，但她的秋水般的眼眸中依然沁出一股熟透了的葡萄般的光泽。

“这么多日子怎么也没见你来酒坊喝两盅？”女人说。

赵少忠笑了笑，没有吱声。在女人身体中散发出来的香粉的气息中，他看见村里的三老倌、药店老板和几个手艺人已经走到院门外，在他们身体的缝隙中，赵少忠看见前些天来过的那个麻脸小伙子挑着寿礼已经走上了那座窄窄的子午桥。

梅梅正在院外的碌碡旁拣着一堆水芹菜，她朝桥上那个摇摇晃晃的年轻人瞥了一眼，撩起围裙揩了揩沾满烂泥和菜叶的手，慌乱地站起身，走进了大院。

“亲爹……”那个麻脸人远远地叫了一声。

赵少忠装着没有听见，和身边的一个皮匠拉开了话。他看见皮匠的右手上缠着白白的纱布，目光躲躲闪闪。

“你的手怎么了？”赵少忠说。

“前天不小心把油灯碰翻了……”皮匠含混地吭一声，将那只受伤的手藏到背后。

“亲爹！”麻脸人绕到赵少忠跟前，干巴巴地叫了他一声。

赵少忠转过身，脸上浮出笑意，看了看正缩在门槛上晒太阳的赵虎。

“赵虎，把客人接到后院去吃茶。”

赵虎懒洋洋地站起身，走到麻脸人跟前，从他肩上接过寿担，一声不吭地朝院里走去。他在跨越那道门槛时，脚底被什么东西绊了一下，跌倒在地上。装着寿礼的筛子在泥泞的地上滚出了很远。赵少忠瞥了一眼那个尴尬的年轻人，他已经转过身去，那只黄狗狂吠着在他面前窜来窜去。

11

正午的时候，在鞭炮腾起的一缕缕青烟之中，客人们正在依次入席。赵少忠感到院子里顿时清净了许多，喧闹的声音渐渐隐匿在扑鼻的酒香里。他的耳膜上依然残留着鞭炮的爆炸声，硫黄的气息在他的眼前呈现出那场遥远的大火令人心悸的瞬间，他重新被一种不祥的阴影覆盖住了。

堂屋和厢房里传来一阵阵猜拳的声音，厨子在廊下的一只圆桌上剁着肉末，赵少忠朝他走了过去。

“赵老爷。”厨子停下手里的菜刀，笑了一下。

赵少忠把手中的烟锅递给他：“先前，你的父亲常常在子午镇一带杀猪，我还记得他的样子。”

“家父在世时也常提起你，”厨子说，“他说第一次到赵家杀猪的时候，你还被人抱在手上，一听见猪叫就吓得直哭。”

“我记得你父亲的右手上像是有六只指头。”

厨子笑了笑：“我也是这样。”

厨子脱下手套，赵少忠看见他右手的拇指旁坠着一根像胡萝卜一样的肉瘤。

“家父在世时，常向我念叨那件事。”厨子说。

“什么事？”

“他说有一次，赵家的郎猪被剥掉皮还从地上立起来，在院子里到处乱窜。”厨子朗声大笑起来。

赵少忠没有答话，那件事提起来就让人感到不愉快，他岔开话头和厨子闲扯了几句，径直朝后院走去。

后院里空荡荡的，风吹动着树梢发出低沉的啸声。他看见柳柳正在井台边的晾衣绳上晒衣服，那些花花绿绿的带子和头巾像旗子一样飘动。几只乌鸦凄厉地叫着，在瓦楞上空掠过。

“柳柳，家里这么忙，你怎么不到前面去帮帮手？”

“我怕前屋人太多了转不开身。”柳柳说。

“梅梅呢？”

“我刚才看见她在灶下烧火。”

赵少忠朝前走了几步，又回过身来，他看见柳柳瘦弱的身影在风中打了一个寒噤。晾衣绳上赵虎的那件染上血迹的衣服在棕榈树的阴影中空空落落地飘荡着。

赵少忠回到了自己的卧房,又一次浸没在寂静之中。前院的划拳声隐隐传来,杂着几声狗叫。他在书房的那张红木椅子上坐了下来,随手拿起一本书翻了翻又将它放下,一只小花猫蜷伏在屋顶的天窗上投下来的光柱之中,细细的尘埃在它四周飞舞着。那只瓷花茶杯不知什么时候被碰翻了,水珠漫过桌沿滴滴答答地掉落在地上。

在窗口照射进来的斜斜的光线中,赵少忠感到恹恹欲睡,他用木片拨了拨火炉中的炭火,屋子渐渐温暖起来。他伏在桌上,卧房外的声音在他耳边越来越远了,正午时分南山寺庙里传来的钟声把他带入寂静的梦乡。

时间过了很久,一阵急促的脚步声从前院蔓延过来,他在朦胧之中听到外面突然响起了一片乱哄哄的嘈杂声,像是蜂群在盛开的油菜花地嗡嗡地叫着,又像是夏日突降的暴雨中人群四处奔散的声响,赵少忠刚刚从惺忪的睡意之中苏醒过来,哑巴砰的一声就把门撞开了。

哑巴咿咿呀呀地朝他比画着,把门摇得乒乓直响。

赵少忠奔到屋外,看见翠婶泪眼汪汪地朝这边跑过来,他听见前屋传来了女人的哭声。

翠婶跌跌撞撞跑到他的跟前,半晌说不出一句话,她的喉头像是被什么东西堵住了。

“出事了。”翠婶哽噎着说。

12

赵少忠来到堂屋的时候，酒席已经散了，桌面上杯盘狼藉，像是被秃鹰洗劫一空的鸡栏。菜肴的油脂在冰凉的空气中冻结住了，酒香的气息仍在屋子里萦绕着，堂屋的东侧有一个门洞，通向西院。这个院子已经很久没有人进去过了。里面堆放着一些木料和早已朽烂的几只蜂箱，地上爬满了青苔，蟑螂的粪壳和蜘蛛网在墙角密密麻麻连成了一片。低矮的院墙上长着一溜胡琴草，干枯的草茎在风中摇摆着，墙边的一扇木栅栏门不知什么时候已经被人扒开，门外的原野上稀稀落落的一片竹林被阳光遮盖着。

西院中挤满了人，嘤嘤嗡嗡的嘈杂声在院子里回荡着。赵少忠走进西院，人群慢慢安静下来，他看见猴子浑身是水躺在一只褐色的酿酒用的水缸边。在他的记忆之中，那只早已废弃不用的缸一直就放在那里，只有在收获的季节才用它来存放一些稻壳和谷糠。现在，那座缸在连绵的雨雪中蓄了深深的积水，缸底的四角长满了青草。

猴子仰卧在潮湿的地上，头发湿漉漉的，他灰黑色的嘴唇张得很开,露出刚刚长齐的虎牙。赵虎半跪在猴子的尸体边,拨弄着猴子脖子上挂着的烂泥烘成的蟾蜍哨子呆呆地发愣。梅梅伏在墙上抽泣着,她的身体在寒风中瑟瑟发抖。

"这么高的缸,猴子怎么会爬上去的?"赵虎说,他围着缸沿转来转去。

"等我们发现他时,他早已冻僵了,大半个身子浸没在水中。"人群中不知是谁说了一句。

赵少忠看着猴子的尸体,心头掠过一种奇怪的感觉,在过去平静的岁月之中,他总是被隐约的恐惧感压得喘不过气来,当灾难在他身边降临的瞬间,那种压抑之感早已消失得无影无踪。

他点上烟锅,在那堆木料上坐了下来,他一时还意识不到悲痛的侵扰,他在想着另外一件事。他看见在院墙门边的枯草之中,有一堆冻成饼状的呕吐物,腐沤的气息在院里飘散开,蛰伏在砖缝中的地鳖和硬壳虫嗅到酸涩的气味,一串串地爬出来。

赵少忠静静地吸着烟,察看着天色,太阳已经偏西了,急着赶路的客人纷纷走散了,花圈店的钱老板和赵立本走到了他的跟前。钱老板用脚尖踢着地上的苔藓,欲言又止。过了半晌,他终于问道:"那个麻脸的青年是你家什么人?"

"你这话怎么讲?"赵少忠感到一阵紧张。

“没什么事,随便问问。”钱老板笑了一下。

“那个麻脸人现在在哪儿?”赵少忠问。

“早走了。”赵立本说。

“在酒席上,他一连摔坏了好几只酒盅,我们还以为他喝醉了。”钱老板说。

赵少忠没有吭声,他看上去像在想着自己的心事。

“我看见他走进了这座院子。”

“我也看见了。”赵立本说。

“起先我还以为他去院里解手,”钱老板说,“不一会儿那边就传来了呕吐的声音,半天不见他回来,我走到院子里一看,才知道他早已走了。猴子趴在缸里,大半个身体没在水中,缸沿上露出他的鞋底。”

“你是说麻子和猴子的死有什么……”赵少忠感到自己的声音有些颤抖。

“没有没有,”钱老板说,“我只是觉得这个人有些奇怪。”

“我也觉得这个人有些奇怪。”赵立本附和着。

赵少忠在木料上磕了磕烟锅,站起身来,钱老板和赵立本慢慢地往外走,钱老板走到那扇木栅栏门边,又转过身来:“什么时候出殡?”

“晚上吧。”赵少忠想了一下,说道。

“等会天黑了,我让人送几只花圈来。”

13

天色渐渐地暗下来,屋子里早早地点上了蜡烛。赵少忠默默转着桌上的一只空茶杯,看着蜡烛吱吱作响的火花发愣。赵少忠自己也无法说明原因,自从猴子降生的那天起,他就一直不太喜欢他。现在,他突然在赵家大院消失了,像屋檐下飞走的一去不返的燕子,除了心头偶尔掠过的一丝空落落的感觉之外,他并不感到过分的悲痛。只是刚才钱老板断断续续的话,在他内心的静水中溅起一圈圈不祥的涟漪。

柳柳脸色苍白地靠在墙上,她瘦弱的身影不时打着寒战,好几次她想开口说些什么,又突然改变了主意。梅梅和她紧紧地挨在一起,她的辫梢上蓝色的蝴蝶结已经松开,柔软的长发被风吹散,粘贴在潮湿的脸颊上。

“那么高的缸,猴子怎么会爬上去?”赵虎说。

屋子里静悄悄的,翠婶在院子里忙碌的身影飘飘忽忽的,叹息的声音不时传过来,猴子的尸体已经被人抬到院子里的一块门板上。一个年老的女人正在给他换衣。哑巴倚在堂屋的门框上,咿咿呀呀地说着什么。

“我早就让你们把那些缸弄走,前些天已经有一只公鸡在里面淹死了。”赵少忠突然叫了一声,随后又陷入了沉默,在这个幽深的宅院里，到处都堆满了各种陈旧不堪的物件，曾经有过一个外地的旧货商人登门收购，没有人愿意搭理他。

“那么高的缸，猴子怎么会爬上去？缸沿还积了一层滑溜溜的冰，会不会……”赵虎小声嘀咕着。

谁都知道他想说什么。赵少忠的眼前又浮现出那口装满寿礼的筛子，它像轮子一样在烂泥地上骨碌碌滚出了好远。

“猴子也太顽皮了。”赵少忠说，“有好几次我看见他一个人跑到子午桥上，也没有人管管他。”

赵龙蹲在墙角，一声不吭。

翠婶脸色阴沉地走进屋子：“村里的木匠来了，他问用什么木料做棺材。”

“你带他到西院找几段木头拼一拼。”赵少忠不耐烦地说。

“那些木料都已经烂了，恐怕不能用。”

“那就把东厢房阁楼上的那张木床拆了吧。”赵少忠说，他仿佛看见了那张散发着花草香气的木床，背脊一阵冰凉。

棺材到掌灯时分才做成，钱老板让伙计送来了两只花圈，院子里到处飘浮着刨花的气味。入殓的时候，猴子的眼睛依然半睁着，那个年老的女人伸手摸了摸他的眼帘：“猴子，该睡觉了，你看天都这么晚了。”

木匠合上棺盖，乒乒乓乓地钉起了钉子，也许是由于紧张，赵少忠看见榔头不断地敲到了木匠的手背上，在幽幽的星光下，他把指头放在嘴里吮吸了一下。翠婶在院外的白果树下点燃了一堆柴火，火光把院子衬得通红，两个小伙子抬起那口狭小的棺材从火盆上迈了过去。由于路远当天来不及赶回的客人也一起跟去送葬。那副棺材在火把的簇拥下，趁着浓浓的黑夜，穿过子午桥，朝赵家的墓地走去。赵少忠远远地跟在送葬的队伍后面，在明亮的火把的光环中，他看见赵龙和赵虎已经挖好了坑穴，守候在小山包似的坟冢之中。

柳柳在封冻的路上一连跌倒了好几次。

远处高高的马脊山隐伏在黑暗之中，星星点点的磷火在松树林间忽明忽灭。

第二章

1

这一年夏天，赵少忠从江北贩回一批烟草，船经过官塘镇的时候，天已经黑了下来，他的船趁着浓浓的黑暗刚刚拢岸，那些早就守候在岸边的客栈和酒店的伙计一窝蜂地围了上来。赵少忠将船停在一座木桥的阴影之中，然后纵身上了岸。那些拉客的女人像麇集在鱼市上的苍蝇一样，怎么轰也轰不走。在炎热的夏夜，汗酸的臭气和水边的膻腥味混合在一起，使他感到一阵阵的恶心。赵少忠想找一个干净的客栈住下来，烧盆热水烫烫脚，然后好好睡一觉，第二天一早好赶路。他被面前聚拢的叽叽喳喳的女人弄得不知所措，这时河边一个船工冲着他叫了一声：

“那个戴凉帽的女人很不错，屁股圆滚滚的。”

戴凉帽的女人像是听懂了船工的话,径直朝赵少忠走了过来,像熟人一样挽住了他的胳膊,赵少忠怔了一下,在女人身上散发出来的麝香和药材的气息中不由自主地往前走。

官塘镇是一个只有几十户人家的小村落,在墨黑的大山的背影之下,沿着一条弯弯曲曲的溪涧,稀稀落落地散布着一些草房。水鸟在涧底鸣叫着,使这个飘浮在灯火中的村落显得异常宁静。

赵少忠跟着那个女人转过一处红薯地和几道颓墙,来到一个小酒店前,屋檐下的灯笼在风中摇晃着,店主闻声挑开门帘远远地迎了出来。女人在半明半暗的灯光中摘下凉帽,露出一头银灰色的短发,赵少忠这才注意到她有多么苍老。赵少忠跟着女人走进了客房,一阵浓郁的棕榈叶的清香和竹席的气息扑面而来,在船过偃林寨时积存在心中的不安的感觉顿时消失了。他要了一壶黄酒,就着炖烂的猪头肉,在窗下慢慢地喝着,宁静和安全的感觉紧紧地伴随着他。他沉浸在窗外淙淙的涧水声中,对悄悄走进来的那位姑娘一无所知。

姑娘站在他身边的一只老式座钟旁,轻轻地为他摇着蒲扇,她的高绾的发丛中插着一朵晚茶花的花苞。赵少忠借着一股浓浓的酒意,给她斟了一杯酒,姑娘浅浅地笑了一下,端起那杯酒一饮而尽,然后抹了抹嘴唇。窗户上蒙着一层白色的纱布,几只蚊子和飞蛾贴着纱布嗡嗡地叫着,涧底传来清晰的捣衣服的声音。

半夜时分,赵少忠感到有些困了,就势倒在铺着厚厚棕榈叶的竹席上,不久就沉入了梦乡。在迷迷糊糊的睡意中,他隐约看见那个姑娘端着一盆洗脚水走了进来,樟木树枝被煮烂的气息萦绕在他的周围。那个姑娘像服侍婴儿一样地帮他脱去了那双粘满泥土的硬邦邦的鞋子,替他挽起裤腿,用毛巾沾着热水为他洗脚。热水渗进了他脚上的血泡,他的脚不住地抽搐着,姑娘不时停下来,低低地喘息。他朦胧地听见她的呼吸声在寂静的卧室里和蚊子的叫声掺合在一起,他感到脚底板和小腿上痒酥酥的。在一阵难以遏制的激动中,他睡意全消,姑娘俯身帮他擦脸的时候,他的手背碰到了她胸口软绵绵的东西上。在以后一连好几个不眠之夜中,他躺在潮湿的船舱里咀嚼着新鲜的烟草叶,他的手背上的血管依然像小兽一样跳动着。

时间过去了很久,赵少忠躺在床上一动不动,那个姑娘站在窗前,在闪动的烛光中呆呆地发愣,好几次她走到床边坐下来,对着发出轻微鼾声的陌生人不知所措。过了一会,她终于吹灭了桌上的蜡烛带上门走了出去。赵少忠睁开双眼,他感到那个姑娘的影子依然停留在黑暗的空气中,他嗅着屋子里淡淡的樟木香味,一种从未有过的烦躁搅得他难以入眠。很早以前,他就从过往的商人的口中听说过官塘镇妓女接待客人的默契和方式，他的眼前又浮现出那朵晚茶花的花苞，它像是某种诱人的不祥之物在寂静的夜晚的空气中悬挂着，他只要一伸手就可以把它摘下来。

后半夜，外面刮起了大风，在运河上经过的船只传来清晰的摇橹声。在清晨响起的第一声公鸡的啼鸣声中，赵少忠早早地从床上爬起来。沿着那条闪闪发亮的溪涧朝渡口走去。他远远地看见运河窄窄的水面被初升的晨曦染得通红，船头上升起了一缕缕炊烟，几个船工正在吊水做饭。赵少忠一路上还在想着夜晚的那件事。

“怎么样，一夜没睡吧。”一个船工嬉笑着跟他打招呼。

“那个戴凉帽的小妞准没错。”王胡子说。他光着上身，露出一簇浓密的胸毛。

“小妞？”赵少忠说，“她的牙齿都快掉光了。”

几个年轻的伙计咯咯地笑起来。

天光大亮的时候，在官塘镇夜宿的船工一个个从树林中懒散地走了出来，赵少忠看见那些敞胸露怀的女人一直将他们送到岸边。

王胡子蹚着水把沉重的铁锚搬到船上，几个梢工摇起了橹，船慢慢驶离了岸边。这时，岸边稀疏的柳树林中跑出一个姑娘，她的身后，那个戴凉帽的女人举着鞋追赶着，几个船工被眼前的景象惊得目瞪口呆。那个头上插着晚茶花苞的姑娘跑到渡口边时，赵少忠的船已经离岸了，她稍稍犹豫了一下，卷起裤腿蹚着水朝船头奔了过来。

“天哪，”王胡子说，“你昨晚一定是把她哄迷糊了。”

“婊子追姑佬一点没错。”岸边有人嘿嘿地笑着。

赵少忠看见姑娘的一只手已经搭在船帮上，一个伙计拉了她一把，她浑身湿漉漉地站在船头，衣服紧紧地贴在肌肤上，身体的轮廓依稀可辨。这条大船在黎明的阳光中走了很远，赵少忠还能看见那个戴凉帽的女人举着一只鞋子在岸边跺着脚。

“那个女人为什么追着你打？”王胡子说。

“她怪我昨夜没有赚到钱。”姑娘气喘吁吁地说。

王胡子瞥了一眼正在若有所思的赵少忠，突然发出一阵大笑。

赵少忠在船舱里翻出一些旧衣服让她换上，这个眉清目秀的姑娘整天守着船头的火炉一言不发。她的身上保留着僻远山村的女子特有的泼辣和大胆，当她毫无顾忌地跨在船舷上对着浑浊的河水撒尿时，几个年轻的艄公脸都涨得通红。

事实上，这个年轻女人的到来并没有使枯燥乏味的航行变得轻松起来，相反，那些伙计仿佛在一夜之间都对沉默上了瘾。炎热的日子一个接着一个，在姑娘香甜的酣睡之中，那些无精打采的船工对着满天星斗，在浓郁的烟叶的气息中度过了一个个不眠之夜。

大船渐渐来到了子午镇外宽阔的水面上。一天中午，王胡子拎着一壶酒来到赵少忠面前，他们就着咸萝卜坐在船头一直喝到太阳偏西，王胡子从腰间解下一袋铜板扔在赵少忠的脚下。

“把那个姑娘给我。”他说。

正在摇橹的几个伙计闻声围了过来，那条张满帆布的船在河心被风吹得直打转。那个姑娘朝眼中布满血丝的王胡子瞥了一眼，绕到赵少忠的身后，两只手紧紧地扯住他的青布马褂，身体瑟瑟发抖。赵少忠被那股樟木树的清香笼罩着，不假思索地说了一句：“算了吧。”

许多年后，每当他看见王胡子匆匆走过时充满敌意的眼光，他都为自己仓促间做出的这个决定懊悔不已。

2

当年，翠婶跟着赵少忠走进赵家大院的时候，他的老婆正在院中的葡萄架下乘凉。她看见那个女人在藤椅上深陷的身体像屋檐下钻出的一阵清凉的风，突然哆嗦了一下，用一面蒲扇盖住了她那苍白的脸。

当天晚上，她坐在井边的一只木桶里洗澡，用刀条蚌壳刮着身上积存已久的污垢,她看见一个人影从柱廊下闪了出来。起先她还以为是赵少忠,在一轮下弦月清冷的光亮中,那个病病歪歪的女人趿拉着木拖走到了她的跟前。她稀疏的头发在夜风中飘拂着,身影像纸一样薄。翠婶看不清她的脸,但她能感觉到那个女人忧郁的目光刺痛了自己。女人围着井栏转了几圈,仔细地打量着自己赤裸的身体。

盛夏季节,门前的秧田和池塘都蓄满了雨水。青蛙的叫声在寂静的晚上连成了一片,在官塘镇的许多充满汗酸味的夜晚,她在一个又一个男人面前褪下衣裙,并没有感到任何不自在。现在,这个女人的目光使她产生出一种从未有过的恐惧与羞涩。几天之后,她从子午镇上一个敲更的老人的口中偶尔听到一声叹息:

“赵家的女人活不长了。”

她当时不明白这句话的意义,这个看惯阴晴风雨的老人在预测祸福时总带着一点漫不经心的味道。不过,赵家女人真正卧床不起已是两年以后的事了,那时她最小的女儿柳柳刚刚出世。

那个深居在后院阁楼上的女人在秋初的一场滂沱大雨中一命归西,更夫的话又一次在翠婶的耳畔回荡开来,一种无法说清的愧疚的感觉促使她决定自己来哺育那个出世不到四个月的婴儿。她坐在弄堂口的一只竹椅上,用一根蓍草把自己的乳头刺得鲜血淋漓,但她始终没有看见乳白的奶汁流出来。一个刚巧从那路过的年老的女人笑得喘不过气来,老人蹲在墙角的阴影里,唠唠叨叨地向她比画了整整一下午,她才大梦初醒似的意识到了女人身上的另外一些事。

翠婶来到赵家大院的第二天,赵少忠在院中的树荫下摆了一桌酒席,那个年老的茶房像是突然意识到了自己被辞退的命运,像一只受伤的老鼠在空旷的大院里显得手足无措。

赵少忠一口接一口地喝着闷酒,席间没有人说话,也许是受不了这种令人窒息的气氛,茶房察看了一下赵少忠的脸色,忐忑不安地说:"屋顶上的那些瓦缝该扫一扫了,里面堆满了树叶,每到下雨的时候就往屋里渗水。"

"我明天去村里叫个人来修整一下。"赵少忠说。

"你是嫌我老了,不中用了。"茶房说。

赵少忠笑了一下,没有吱声,他在茶房的杯中斟了一杯酒,然后站起身,端着酒杯走到茶房的跟前。老人的脸色陡然阴沉下来,他慌慌忙忙地站起身,把身边的一只木椅都碰翻了。

"你莫非要让我走?"茶房颤抖着,说道。

"是的,"赵少忠说,"我的女儿梅梅需要一个女佣来照顾,再说,你年纪也大了,不太方便。"

"我侍候赵家已经三十多年了……"

“我已经跟渡口的一个船工说好了,你明天就走。”

“这些年老家的人都断了音讯……”

“那是一条运大蒜的船,明天天不亮就动身。”少忠说。

“我侍候赵家已经三十多年了,你难道宁肯收养一个外村的哑巴也不愿意留下我?”

赵少忠没有搭理他,他把预先封在一只红纸袋里的几块银圆搁在茶房的面前,转身朝后院走去。

“你一定是被那个新来的妖精弄糊涂了。”茶房看着赵少忠远去的背影,轻声地嘀咕了一句。

3

面对着赵少忠躲躲闪闪的目光,翠婶总有一种无法说明的感觉,她的眼前依然飘忽着在官塘镇那个潮湿夜晚的樟木树的气息和他身上新鲜烟草的香味。这个终日沉默不语的男人一直心事重重,翠婶在子午镇上待了很久,赵少忠从来没有和她说过话。阁楼上的那个女人冰冷的目光每时每刻都紧盯着她的背脊。在农闲的时节,她整天坐在院子中的一株忍冬藤旁和一只白猫为伴,有好几次,她心里渐渐萌生了想逃走的念头。

一天黄昏,赵家女人去南山烧香去了,哑巴在廊下剥着刚刚割回来的黄麻。她靠在院墙上刚刚睡着,在一阵尖厉的叫声中,她看见赵虎手里握着一根折断的树枝从楝树上掉了下来,赵少忠闻讯从后院跑来的时候,赵虎躺在树下的一块草甸上,脸色惨白。赵少忠伏在赵虎身上推搡了半天,他才缓过一口气来。

赵少忠脸色铁青朝翠婶走了过来,扬手扇了她一个耳光,翠婶本能地朝旁边一闪,赵少忠在树下的苔藓上滑了一跤,过了好半天才从地上爬起来,他顺手抄起一根楝树枝朝她追打过来,她像是一条鳗鱼摇晃着腰肢四处躲藏着。最后,她被逼到墙角,她伏在被太阳烤得炙热的砖墙上,感到背脊上一阵钻心的疼痛。她穿着一件薄薄的粗布衫,衣服的搭扣突然松下来,她的丰腴的肩胛裸露在阳光之中,楝树叶酸涩的气味萦绕在她周围。她转过身,举起双手抵挡着像雨点般落下的树枝,那件土布衫像轰然垂落的船帆一样滑到了腰际。她看见赵少忠站在离她很近的地方喘着粗气,脸涨得通红。

在以后的日子里,赵少忠常常为一些鸡毛蒜皮的小事把她叫到自己的书房,打得她满脸是血,她丝毫没有任何蒙受屈辱的感觉,相反,在年深日久的妓女生活中积攒起来的对男人的经验使她一下就看穿了赵少忠的心事。她常常故意摔坏一些瓷器、盐钵和卧房里的古董,来换取在书房内和他独自相对的短暂时光。

晚上，翠婶躺在后院的那间不透风的卧房里，浑身的酸痛使她久久难以入眠。每当她的眼前浮现出赵少忠那张由于激动而扭曲的脸和他平日彬彬有礼的外表，她就忍不住在被窝里笑出声来。和这一带每一个安分的女佣一样，她知道自己的一切包括躯体都是属于主人的，就像一只悬挂在枝头的成熟的桃子，他迟早都可以摘下它。

在一个大雨倾盆的傍晚，翠婶又一次被叫到了赵少忠的书房。在阴暗的房间里，赵少忠坐在床边拨弄着翻开的书页，一声不吭地看着她，她仿佛又回到了官塘镇那个闷热的客房里。她在书架的影子中站了一会儿，像是突然意识到了什么，返身轻轻地插上门闩，她走到窗下放布帘的时候，看见赵龙在门外走廊的尽头踢着一只吹足了气的猪泡，他回头看了她一眼。她走到赵少忠的床边，开始一件件地脱掉自己的衣服，她赤条条地钻进了那床散发着发霉的烟草气味的被褥中，墙上的挂钟嘀嘀嗒嗒地响着，屋顶明瓦的玻璃上雨水如注。赵少忠一锅接着一锅地吸着旱烟，像木雕一样坐着一动不动。那股烟味再一次把她带到了那条遥远的大船上，她感到整座房子像船一样摇晃起来。在屋外沙沙的雨声中，她迷迷糊糊地睡着了。过了好久，她感到有一团热烘烘的气息喷在自己脸上，一只手从被褥下伸进来触到了她的肌肤。在昏沉的睡意中，她不知道时间过了多久，当她被一阵急促的敲门声惊醒的时候,她还以为天上在打雷。她睁开眼,赵少忠已经慌乱地系好马褂的扣子走到了门边,他迟疑不决地拉开门闩,那个女人穿着睡袍站在门洞的阴影里,她摇摇晃晃地迈过那道门槛,就在地上栽倒了,她看见赵龙手里拎着那只猪泡吃惊地睁大了眼睛。

4

清晨,翠婶像往常一样,端着一杯枣汤朝后院中的那座阁楼走去。雨仍在淅淅沥沥地下着,楼梯上覆满了刺树萎黄的叶子,她轻轻地推开阁楼的那扇门,看见赵少忠的女人趴在窗前潮湿的地板上,她瘦弱的身体就像一朵被风吹落的凋谢的花苞,在深夜的时节中散发着淡淡的香气。那扇朝西的窗户不知什么时候被打开了,一夜风雨把窗下的梳妆台淋得湿漉漉的,地上积了一层浑浊的雨水。那些盛开着白色和紫色小花的陶盆在地板上摔得粉碎,翠婶想起昨天深夜她似乎听到了这边传出的器皿打碎的声音,但它很快被天空滚过的响雷和芭蕉叶子上的雨声遮盖住了。

翠婶费了半天的劲才把她弄到那张大床上,她轻轻分开女人的双唇,用汤匙柄撬开她的牙齿,往里灌了几勺枣汤,一阵刺鼻的腐沤的花香从她的唇边飘散开来,她看见女人两腮鼓鼓囊囊的,里面塞满了木杨花深红色的花瓣。

赵少忠昨晚一夜未睡,在秋末的这场连绵的大雨中,急骤更替的季节带来了寒冬的气息。但早早从床上爬起来,撑着一把油布伞,在阴沟边排水,天快亮的时候,他看见翠婶跌跌撞撞从楼上奔下来的时候,他还以为老婆的哮喘病又犯了,在天空突然划过的一道闪电中,翠婶已经窜到了他的伞下,一把拽住他的袖子,过了半天,女人才抖抖索索地说了一句:她吃了有毒的花瓣,这会儿大概已经死了。

中午的时候,赵少忠独自一人来到河边风水先生那间低矮的棚屋里,他把一只盛着白玉链珠的檀香木盒放在风水先生的面前。

"你莫非是让我帮你选择一处墓穴?"风水先生呷了一口茶,笑了一下。

"我的女人死了。"

"你们家十三亩地的墓园里有安葬的空地。"风水先生沉吟了片刻,说道。

赵少忠摇了摇头:"我的女人在世时最忌讳阴雨连绵的日子,我想请你算一算天空什么时候开晴,我好安排出殡的时间。"

风水先生不假思索地说道:"七天之后将是一个云开雾散的黄道吉日。"

这场经年未遇的大雨下到第六天的黄昏,果真停息了。

第二天一大早，赵少忠就听到了报晓的公鸡在河边的树林里高声啼叫，在灿烂的阳光中，赵少忠摆下了盛大的丧宴，这个慈悲的女人的猝然死亡早已在村人的预料之中，尽管两年前哑巴的到来使这个一向受人敬重的女人的贞操蒙上了一层阴影，但村里所有的人都赶来为她送葬，村中花圈店的钱老板在三天前就请来了十几个花匠连夜制作花圈，到了出殡的这一天，花圈在清晨的时候就被排着长队的人群抢购一空。

晌午，钱老板和一名伙计抬着一只缀满松柏和艾草的花圈来到了赵家大院。赵少忠正在被院里堆满的花圈弄得晕头转向，他仿佛担心会在里面迷失似的，面对着那些散发着纸香的花朵，显得有些神不守舍。

“这只花圈是用松枝和鲜花做成的。”钱老板说，“它即使在墓地上存放一年，花朵也不会凋零。”

赵少忠苦笑了一下：“再好的花圈到末了还不是要烧掉？”

“村里所有的人都在传说你的女人喜欢鲜花，为了采摘这些东西，我让人爬遍了整个南山。”钱老板说，“不过，你把这么多花圈拿到坟上去烧，要烧到什么时候才能烧完？”

赵少忠似乎没有听懂他的话：“我也许应该把它们放到阁楼上存起来，等到我死的时候再拿出来用。”

赵少忠充满悲伤的语调使钱老板感到有些出乎意料，他拐弯抹角地在赵少忠耳边聊起了一些无关紧要的琐事，末了，他以一种悲天悯人的声调委婉地提出：这些花圈全部烧掉有些可惜，不妨以低价卖给他一部分。赵少忠想也没想就断然拒绝了他。

几天以来，赵少忠一直担心的天气终于出现了不祥的征兆。午后刚过，太阳就被一团疾速飘动的乌云遮住了，河边的一排柳树在聚起的大风中弯下了枝条，不一会儿，远处的田野上腾起了一片雨雾，渐渐朝这边逼过来。雨点像黄豆一样撒下来的时候，从外地请来的一个厨师正在院外的白果树下杀猪。赵少忠看见这个六指的厨师被突如其来的阵雨弄得手忙脚乱，那只被剥了一半毛皮的公猪像苏醒过来的鱼，突然沉重地喘息了一声，从杀猪盆里立了起来，正在门前察看天色的送葬的人被眼前的情景惊得目瞪口呆。那只鲜血淋漓的公猪拖着悬挂在地上的毛皮，奔到了院子里，在那些五颜六色的花圈中到处乱撞，最后，它积聚了残剩的一点气力冲进了堂屋，将棺前的装满供品的祭桌撞倒后，才倒地死去。

翠婶带着赵龙在屋檐下瑟瑟发抖，像遭受雨淋的两只小鸟，她看见大风吹起花圈上飘拂的挽联，那些掉落在地上的纸花浸没在泥水之中，黏附在来往人群的鞋帮上。

黄昏时分，几个年轻人抬起那只漆黑的棺材，冒着滂沱大雨，走到了子午桥上。哑巴不知从什么地方突然闪了出来，他歪歪斜斜地走到送葬的人群中，伏在那面被雨水淋得锃亮的棺盖上,失声痛哭,他丧魂落魄的哭声无疑给这场糟糕的葬礼火上浇油,人群中隐隐传出一丝讪笑,静立在雨中抬棺材的人发出低声的埋怨。赵少忠心慌意乱,简直感到有些喘不过气来,他远远地看见村里的三老倌一声不吭地走到哑巴的跟前,朝他脸上吐了一口唾沫:“孽障,你难道想随她一起入葬不成?”

在这场狼狈不堪的葬礼中,很多人经受不了暴风雨的袭击,在半路就逃进了树林,只有为数不多的人穿着蓑衣踩着吱吱作响的泥水来到了墓地上。在晦暗的天色中,赵少忠在做好的坟包边栽了一棵扁桃树,花圈店的钱老板又一次来到他的身边:“这些花圈被雨淋得透湿,恐怕点不着火。”

“那就等天晴晒干了再烧。”赵少忠说。

“你没必要把这么多花圈都烧掉。”钱老板说,“不管怎么说,人死不能复生,何况,老婆走了,别的女人还会来。”

“即便天仙下凡,我也不会再娶了。”

钱老板嘿嘿一笑,赵少忠知道他在笑什么。

5

赵少忠在墓地随口而出的那句话,使闲站在一旁的翠婶不寒而栗,她的胸口像是被针锥刺了一下。在这以后的一连好几个夜晚,她躺在那间用人的卧房里被隔壁的山羊的叫声搅得难以入睡，赵少忠的那句话依旧在她耳边回荡，失望和漫无边际的孤寂并没有使她完全灰心，这个倔强而心细的女人在泪水的深谷中熬过了四十九天服丧的日子，在官塘镇的那个夜晚触发的情焰又一次死灰复燃了。那个病弱的女人在赵家大院中消失以后，她将自己所有的注意力都集中到赵少忠书房透出的光亮中，她用自己可怜的积蓄做了一件侧襟短袍，整天打扮得花枝招展，利用端茶送水的机会频繁出现在赵少忠的书房里。她的热情和温顺并没有唤醒这个正当壮年的男人枯涸的内心。随着夜晚的降临，赵少忠早早关上了房门，她便坐在他窗前的廊下做针线，即使在隆冬呼啸的北风中，赵少忠依然能够看见窗外她的影子飘飘忽忽。

一个下雪的冬夜，翠婶从廊下回到自己的卧房便发起了高烧，第二天村里的郎中来为她刮痧的时候，她迷迷糊糊地看见赵少忠站立在她的床头，她立即被无边的幸福淹没了。从这以后，她以自己独有的方式向赵少忠传递着天真的暗示：她在为他赶做的布鞋的鞋帮上绣上一朵晚茶花苞，在为他缝被子的时候将自己的一缕黑发缝在被头上。她似乎感到这个沉默不语的男人会在一个夜深人寂的夜晚突然敲开她的房门，但是她没有想到一等就是二十年，她那俊俏的容颜像夜晚开放的一朵昙花，在天明时就迅速地凋谢了。

第三章

1

三月刚过，一场绵绵春雨的间隙出现了灿烂的阳光，沟溪里涨满了霍霍流淌的雨水，墨河上的一排柳枝换上了新叶，田野里到处都飘荡着青草的气息。

清晨的时候，柳柳来到墨河对岸的一块棉花地里锄草，地里被雨水浸得软酥酥的，钉耙在棉垄中刨不了几下，就被烂泥粘满了，举起来格外沉。不一会儿，柳柳就累得喘不过气来。

在她身边不远处的小树林背后，两个女人正在刚刚开垦好的水田里撒秧种，一个戴头巾的女人笑盈盈地来到她身后："柳柳，你看，在那条柳林道上走着的是什么人？"

柳柳用手掌挡住耀眼的光线，看见开阔的田野上有两个人一前一后朝村里走去。

“还不是那个麻子。”另一个女人说。

“这个人我像是在村里碰见过好几次,后面跟着的那个老人莫非是媒婆吧。”

“依我看,你不久就有姐夫了,你看那个小伙子丢了魂似的。”

“那个男人个子高高的,就是瘦了一点。”戴头巾的女人说。

“我那个男人胖倒是胖,”另一个女人嘿嘿地笑了两声,“可根本不顶用,锅铲柄一样短溜溜的东西。”

“你总不能指望它像竹篙一样长吧。”戴头巾的女人放肆地大笑起来。

柳柳的脸上一阵绯红。戴头巾的女人走到田头,褪下裤子,对着淙淙流淌的溪水稀稀拉拉地撒起尿来。柳柳看见远处的那两个人已经走到了子午桥上。

不知什么时候,两个女人在她身边消失了。柳柳耙完了那块棉花地,走到田埂上,在一块磨刀石上坐了下来,朝村头的方向张望着。她第一次看见那个麻脸人的时候,就被一种不祥的预感笼罩着,她不知道梅梅是怎么会碰到他的,她的眼前掠过去年冬天父亲寿辰的那个午后的阳光,浑身不由得战栗起来。

村东桑林边,大片金黄的油菜地像缎锦一样延伸到地平线上,一个养蜂人脸上裹着白色的纱布,在一排排蜂箱中转悠着。晌午时分,她看见那个麻脸人从河边的树林里闪了出来,低着头往回赶,等到他的身影在阳光中走远了,柳柳才扛起钉耙朝村里走去。

院子里空荡荡的,隔着那道竹编的门帘,她听见赵虎和父亲正在堂屋里说着话。在强烈的光线的反衬下,屋子里阴森森的,一团团烟雾从门洞里飘散出来,她看不清他们的脸。

“那个麻子是个流氓。”赵虎说。

“怎么见得?”

“在大窖庄,他们家的名声恶得很。”

“我们和他家结了亲,恶名声也不会对亲家有什么妨碍。”

“我是说梅梅很少出过家门,嫁过去恐怕要吃亏。”

“女儿大了总要嫁出去,不能一辈子待在家里。”少忠说。

“梅梅宁可嫁给江北的渔佬,也不能嫁给那个麻子。”

“江北那块地方你又不是没去过,”赵少忠说,“挑担水还要走几十里的山路呢。”

“我早就说过,你原先用不着对他那么客气。”赵虎自言自语地说。

“这件事已经定了,你多说也没什么用。”赵少忠不耐烦地摆了摆手。

“眼下正是春荒时节,即使要办婚事也得挑个好日子,最早也要等地里的这茬麦子收上来再说。”

“后天是清明节，我看还是赶紧办了吧，天长日久，又少不了惹人闲话。”

“我真不知道你是怎么想的。”赵虎叹了口气，轻声地嘀咕了一声。

柳柳绕过墙角，来到后院，听见阁楼下的厢房里传出隐隐的哭声。她将钉耙挂在院墙上，侧身走进了梅梅的卧房。

梅梅看见柳柳走进来，止住了哭声，她的眼眶红红的，头发被泪水浸得乱糟糟的，粘贴在额角上。翠婶坐在她身边叹息着，不知道说什么好，从外村来的那个媒婆靠在梳妆桌上慢慢地吸着旱烟。

“大窖庄虽不比你们子午镇兴旺，可麻子的家底倒是富实得很，你去了那儿吃穿都不用愁。”媒婆满脸笑容，被胭脂涂得紫红的双唇中露出黄灿灿的牙齿。

“我看那个小伙子人也不错。”翠婶说。

“他们家在村前栽了十几亩地的桃树，”媒婆说，“眼下桃园里流出来的水都是红艳艳的。”

“我看那个小伙子人也不错，脸上有几颗麻子算得了什么，有力气挣钱养家就行，再说所有的男人还不是一个样……”翠婶朝柳柳瞥了一眼，没有说下去。

“刚才我已经跟你们家老爷说好了。”媒婆说，“后天是清明节，一大早轿子就来接人，你们也要准备准备。”她站起身，将旱烟锅在桌腿上敲了敲,看了看倚在门框上的柳柳,抽身走了出去。

屋子里静静的,窗口渗进来的风把蚊帐吹得鼓鼓囊囊的。梅梅又哭了起来,柳柳一声不吭地走到她身边,挨着她坐下来。她感到梅梅的身体一阵阵地抽搐。

“我来赵家这么多年了,”翠婶的眼泪也流了下来,“看着院里的小树一天天长大,猴子死的那些天,我心里总感到空空荡荡的,现在你一走,院里可就更冷清了。”

“你是怎么会碰上那个麻子的?”柳柳说。

“在大窨庄的集市上。”梅梅啜泣着。

“那个麻脸人贼眉鼠眼的样子,一看就不是什么好东西。”

翠婶白了柳柳一眼:“赵虎这么说,你也这么说,男人好不好过起日子来才晓得。”

柳柳没有吱声。父亲的身影来到了后院,他在正对着梅梅房门的地方站了一下,俯身钻过晾衣绳,朝自己的书房走去。在他身后,院中一棵高大的杏树的花丛中,梅鸟在不停地叫着。

“时候不早了,我该去做饭了。”翠婶说着站起身来,梅梅一把拽住了她的袖子。

“到了后天,我真不知道该怎么办。”梅梅显得有些慌乱。

“开始总有些不习惯,日子一长就好了。”翠婶说。

“好在大窖庄不算太远，每逢初九，村里就会有人去赶集，我也会抽空来看你。”柳柳说。

梅梅哭得更厉害了。柳柳有些为刚才的话后悔，眼泪止不住地流下来。

哑巴在对面的廊下搓着草绳，他不时地停下来，张大了嘴朝这边张望，他的身边堆满了刚刚做好的草龙，眼下桑林里的桑叶长得正肥，过不了多久，蚕虫就要吐丝了。

2

在啼鸟的啁啾声中，赵少忠在那处被露水浸得冰凉的护栏石上坐了下来。天还没有亮，梅梅的卧房里透出暗红的烛光，一层薄薄的雾气萦绕在那片亮光周围，他能看见那扇纸糊的窗子中映出的两个人影，低低的说话声从里面断断续续地传出来。

昨天晚上，赵少忠趁着微微的醉意昏昏沉沉地睡到后半夜，突然被一种清脆的声音惊醒，他起身点燃了蜡烛，看见桌上的砚台边散布着几颗灰色的小扁豆，他知道这些扁豆是从屋顶上的瓦缝里掉下来的。不知从什么时候开始，家人在屋外的伞墙下栽了几垄扁豆秧，藤蔓顺着墙面爬上了屋顶，结下了一串串豆荚，到了夏秋之交，赵少忠常常能看见屋顶的瓦楞上开出的一朵朵紫色的豆花。随着漫长的冬季的来临,那些在阳光中爆裂的豆荚中漏出一粒粒豆子,在屋顶上腐烂,不时有一些扁豆从瓦缝中掉进他的卧房。那些看上去像指甲盖一样的扁豆似乎是某种不吉之物,它像水珠一般溅落的声音常常把他从梦中惊醒。前年初秋的一个夜晚,他悄悄绕到屋后,把那些豆藤连根拔起,扔进了一旁的粪坑。第二天他就听见柳柳在井台边和翠婶小声嘀咕:“屋后的那几株豆藤不知叫谁拔了。”翠婶看了她一眼:“是我拔的,你总是疑神疑鬼的,那些扁豆成年长在那儿,把窗口的阳光都遮住了,也没看见谁去摘过。”赵少忠不知道翠婶为什么这样说,想到从这以后他就能安安稳稳地睡觉,就把这件事抛到了脑后,可是过了几天,他在深夜依然能听到有东西掉在桌子上,他记得那是几粒干瘪的红枣。屋后那株枣树的枝条垂挂在窗前,风一吹便影影绰绰的,像是有人从窗下走过。他曾经好几次让赵龙把那棵枣树锯掉,赵龙总是不解地看着他:“好好的枣树要锯掉干吗?”昨天夜里,他不知道那些扁豆是从哪里钻出来的,也许是旧年成熟的豆种在地上长出了新芽。

赵少忠坐在那处护栏石上,慢慢地吸着烟,还在想着昨晚的事。天亮的时候,他走到门外,远处南山苍翠的轮廓依稀可辨,寺庙的钟声清晰地飘过来,他看见高高塔寺周围,棉絮一般的云层堆积得很厚。

清明节的前一天，是这一带村民踏青的日子，那些从冬天浑噩的空气中苏醒过来的人群在高高低低的田野上连成一条条黑线，远处柳荫道上背着鸟笼的猎人被四处啼叫的小鸟弄得晕头转向，赵少忠倚在门框上，被不时传来的枪声搅得心烦意乱。

梅梅心事重重地扫着院子，花丛中散开的蜜蜂在绮窗中射进来的光线里飞舞着，赵少忠靠在门边，呆呆地看着扫帚扬起细细的尘土和凋萎的花叶，心里有种说不出的滋味。昨晚上灯时分，梅梅抱着一个青布包裹走进了他的房间，她从包裹里取出一双新绱好的布鞋放在他面前，然后走到床前为他换被单。赵少忠独自一人慢慢地喝着酒，看着她抖抖索索的身影，不知道说些什么好，梅梅用抹布一遍遍地擦着床架和桌椅，好几次停下来想说些什么，但始终没有开口。她凑到蜡烛的光亮下穿针的时候，手臂不停地颤抖，怎么也穿不上。他看见她的眼睫毛湿湿的。她那张酷似母亲的脸和像受伤的麻雀一样瘦小的身影使赵少忠再一次回到了那个大雨滂沱的深秋，栀子花的香气在院子的上空经久不散，那个病弱的女人的憔悴的面容却像风一样飘远了。

太阳渐渐地升高了，空气变得暖和起来，哑巴拎着一箱黄酒来到后院。在他身后，赵少忠看见祠堂里的皮匠摇摇摆摆地跟过来，他那只包着纱布的手臂悬挂在胸前，正朝阁楼上张望。

“你在找什么?”赵少忠走到他身后。

皮匠的身体突然跳了一下,转过身来,脸上露出灰溜溜的笑容。

“我来问翠婶借副蒸笼。”皮匠说。

“在灶屋的墙壁上挂着呢,你自己去拿吧。”翠婶说,她正跪在廊下的一张蒲席上缝着被角。

皮匠讪讪地笑着,看了一眼正在门上贴“囍”字的赵龙:“你们家又要办什么喜事啦? 梅梅要出嫁了吧?”

“是啊。”赵少忠说:“你的手怎么还不见好?”

“好了一阵,开了春又烂了。”皮匠皱了皱眉头。

“三老倌近来还好吧?”赵少忠说。

“好是好,只是整天说腰疼。”

“祠堂里又冷又湿,你叔也该换个地方住了,积了那么多钱,死了又带不走。”赵龙说。

“我叔也时常念叨着要换,可是一直看不上中意的房子,”皮匠说,“像你们赵家这样的院宅,方圆一百里恐怕也挑不出一家。”

赵少忠没有吱声,他走到哑巴跟前,从箱子里提出两壶酒递给皮匠:“给三老倌捎点酒回去吧,我得了空就去看看他。”

皮匠喜滋滋地提过酒正要走,又转过身来:“柳柳呢?”

“南山踏青去了。”翠婶说。

3

柳柳从南山回来的时候,天已经完全黑了下来,翠婶看见她的脸上布满一道道血丝,像是被荆棘划破了。堂屋里,赵少忠正在香雾缭绕的供桌前祭祖。

“怎么这么晚才回来?”赵虎说。他手里捏着两只咔咔作响的核桃,显得有些心不在焉。

“没出什么事吧?”翠婶说。

“我刚才看见村里有人抱着几捆稻草往河边去了。”柳柳脸色阴郁地说,“不知道他们又要干什么?”

“稻草?”赵少忠转过身看了她一眼。

翠婶笑了笑:“那大概是一些准备明天拦轿的守夜人。这些年,女儿出嫁大多改在了晚上,白天叫人拦住了,新娘被折腾得够呛不必说,少不了破费几两银子。”

“那明天就让轿子绕个道儿,从村后走吧。”赵龙说。

“那像什么话,我是嫁闺女,又不是捉迷藏。”

“没什么大不了的事,明天一早在桥边扔几块铜板就把他们打发了。”翠婶说。

“没那么便宜吧。”赵少忠沉吟了一会儿,说道。

“管他呢，”赵虎没精打采地说了一句，“轿子一出门，梅梅就是麻子的人了，由他们去闹腾吧。”

梅梅跪在供桌前的一只蒲团上，眼泪扑簌簌地流了下来。

午夜时分，天上下起了大雾，翠婶倚在梅梅卧房的门框上，在影影绰绰的灯光中恹恹欲睡，院子里静寂无声，屋外的深巷里传来更夫敲打着竹板的声音。那些在几天前就油漆一新的木质桌椅在廊下堆放着，哑巴伏在一张抽屉桌上已经睡着了。赵龙蹲在红红绿绿的被褥和马桶之间，往一根根扁担的两端糊着红纸。

“脸上搽上了脂粉就不能再哭了。”一个女人悄声地说，她正在床边替梅梅梳妆。梅梅果真止住了啼哭。翠婶看见赵少忠背着手，像一头拉动磨盘的黄牛在井台边来回地转悠着。

过了一会儿，屋外树林里栖息的鸟儿像是被什么声音惊动了，翠婶迷迷糊糊地走到前院，她看见一顶轿子在灯笼火把的簇拥下远远地朝村里走来，杂乱的脚步声在空旷的野地里传得很远。那顶轿子穿过墨河对岸的那片密密的柳树林，慢慢走到了子午桥上。在桥边守夜的那伙人已经从地铺上站起来，火把的光芒裹着白白的湿气照亮了桥面和旁边高大的刺树。迎亲的人一个接着一个从桥上走过，足足费了一袋烟的工夫。

那顶轿子在赵家大院门前的白果树下停稳了，麻脸人穿着染花的青布马褂从一匹枣红色的毛驴上翻身下来，跟在媒婆的后面朝院子走来。

翠婶笑了一下，一躬身将他们让到院内。

“亲爹呢？”麻子说。

“在后院等着呢。”翠婶说。

他们穿过那条砌着低低护栏的长廊走到后院，却不见了赵少忠的影子。

“我刚才还看见他在这儿，怎么一眨眼就没影了？”翠婶说。

她推开了赵少忠卧室的房门，屋子里空空荡荡的，柳柳从廊下的阴影中闪了出来，把她吓了一跳。

“我已经把院子都找遍了，也没见他的人影。”柳柳喘息着。

翠婶穿过后院的侧门，走到了屋外的黑暗之中，她看见不远处的一片竹林深处，烟火一闪一灭，她拨开被露水打得湿漉漉的竹枝，朝里面走了几步，就看见那团暗红的光亮突然熄灭了。风从竹林顶端刮过，发出一阵凄凉的竹涛声。

翠婶回到院子里的时候，看见媒婆正拽着梅梅的手朝前院走，梅梅不时地回过身来，忧郁的目光像是在寻找什么人。

鞭炮的声音惊醒了沉睡的镇子，在火把飘忽的光影中，村里的人披上了衣服靠在门边远远地朝这里张望，翠婶拉着柳柳的手站在屋檐下，鸽子在一排笼箱中扑打着翅膀，泥块和鸽屎稀稀落落地掉下来。

轿子走到桥头就被拦住了。王胡子坐在横放在桥面上的一根榆树上,慢悠悠地吸着旱烟。轿子和嫁妆在桥头歇了下来,麻脸人走到王胡子跟前一拱手:“兄弟,帮忙行个方便,我们还要赶路呢!”

王胡子站起身咧嘴一笑:“让新娘出来唱支歌儿吧。”

赵立本从他身后窜到轿边,正要伸手揭开轿帘,媒婆满脸笑容挡住了他:“伙计,要几个酒钱好商量,新娘在子午镇上待了这么多年,你又不是没见过。”

麻脸人从一名家佣手里接过几包烟叶和一袋铜板递给王胡子,王胡子伸手挡开了:“我们几个兄弟在桥上守了一夜,倒不是稀罕这几个酒钱。”

翠婶远远地站在黑压压的人群背后,她听见轿子里传出梅梅断断续续的啼哭声,守夜的几个小伙子头上粘着草茎正在被褥和马桶中掏鸡蛋。媒婆走到轿子跟前,揭开轿帘跟梅梅说了几句什么,梅梅哭得更响了。桥边的树林里挤满了打着呵欠围观的人群。

“眼下是出嫁,又不是出殡,什么事哭得那样伤心?”王胡子阴阳怪气地说。

喧闹的人群一下沉寂下来。河边那头枣红色的毛驴不安地刨动着地上的泥土。

麻脸人脸上红一阵白一阵,面色渐渐地阴沉下来,他再一次排开人群走到王胡子的跟前:“兄弟,往后闹腾的时间长着呢,路上不遇桥上遇,要是我在大窑庄的集市上碰上你,也少不了请你喝两盅。”

“喝酒?你怕是想让我喝粪吧?”王胡子警觉地朝后退了几步。

“我现在就让你喝个够。”麻脸人话音未落,几个黑色的人影操起扁担已经冲到了王胡子的跟前。王胡子脸上的笑容突然凝固了,他下意识地退到桥栏边。

“把树障给我搬开!”麻子低声地说了一句。

“毬!”王胡子颤抖着吭了一声。

看热闹的人朝桥上拥过去,很快挡住了翠婶的视线。柳柳挨在她身边,牙齿咯咯地响个不停。

在人群的嘈杂声中,翠婶看见王胡子乱蹬着双腿已经被人高高地举起来,掀过了桥栏,她听见河边的苇丛中响起水花溅落的声音。天已经快亮了,初升的黎明将远处旷野上光秃秃的树枝染得通红。那顶轿子在清晨熹微的光亮中已经走到墨河的另一端,几个守夜的人呆呆地站在桥头,仿佛还没有从睡梦中醒过来。王胡子浑身是水从河岸上爬上来,覆满污泥的额角还在往外渗着血,摇摇晃晃的轿子在柳荫道上已经走出了好远,王胡子瘸着一条腿朝前追赶了几步,就在桥上摔倒了。

桥面上堆满了花瓶和陶盆的碎片，一只被踩扁的灯笼在飘忽的火苗中烧成了灰烬。

4

“这件事情太晦气了。”赵立本说。

他心不在焉地洗着桌上的牌，不时地看着对面的王胡子。王胡子额角贴着一块膏药，紧锁眉头一声不吭。天亮的时候，酒坊的门洞里飘进来一团一团的晨雾，村里的鸡已叫过第二遍，屋外墨河边传来水车哗哗啦啦的声响。赵龙感到屋子慢慢转动起来，低低的说话声听上去像是在很远的地方回荡。

“也怪他自己没用，”老板娘说，“我看见麻子像拎小鸡似的把他举起来，扔进了河里。”

“这件事谁也没想到，打架的那会儿，我被挤在两只澡盆之间，等我抽出身来，轿子已经过了子午桥了。”赵立本说。

“我从河里爬到岸上，看见你还在桥上筛糠呢。”王胡子瞥了他一眼。

老板娘“扑哧”一下笑出了声。她站起身吹灭了桌上的蜡烛。赵龙看见她的身影在对面的墙上忽闪了一下，旋即消失了。

赵龙的脸上火辣辣的，他感到赵立本的手从桌上伸过来，捏住了他的手腕，那副手镯在他肌肤上掠过的一阵微微的凉意即刻布满他的全身。他想起几天前的一个下午，他揣着这副从柳柳梳妆盒里偷来的手镯来到镇上的一家当铺门口，柳柳在街道对面的药店门口叫了他一声，他看见柳柳一阵风似的跑到他跟前："你又把家里什么东西拿来当了吧？"赵龙一闪身踅进了旁边的一条狭窄的弄堂，他隐约感到柳柳在他身后追赶了好一阵子。他跑到村后的一块萝卜地里才停下来，柳柳的身影在弄堂口像风一样飘飘忽忽。

"我老了。"王胡子说，"要是有当年去江北贩烟草那会儿一半的力气，一个麻子算得了什么。"

"那天早上的事说来也蹊跷，赵家的人像是一个也没露面，那扇大门早就关上了。"赵立本说。

"就像送葬一样。"王胡子说。

"哪有迎亲的打拦轿的，我在岸边看了都想回去操家伙。"更生已经起来了，他正在门边往一辆推车上装酒。

"你算了吧。"老板娘笑了一下，"你连路都走不稳。"

更生不再吱声。

"那个麻子倒也算了，我与他无冤无仇，只是事情到了那个地步，赵少忠也没露个面……"王胡子看了赵龙一眼没有说下去。

"你怕是被蜂咬了怨丁香吧？"老板娘说。

阳光斜斜地从门洞中照进来,村里早起的人三三两两拎着酒瓶走到柜台边,老板娘打了呵欠从牌桌边站起来,懒洋洋地朝柜台走过去。

赵龙摇摇晃晃地站起身正要往外走,赵秀才一把拽住了他:“你欠我的钱都可以造一座小楼了。”

“前些天梅梅出嫁,我的钱都凑进去买嫁妆了。”

“把你老婆的手镯抵给我吧。”

赵龙感到手腕被他捏得隐隐作痛,他踉踉跄跄朝后退了几步,缩到了阴暗的墙角。

“那是柳柳的镯子。”他说。

赵立本突然愣了一下,松开了手,在飘散的烟雾之中他布满血丝的眼睛睁得很大。

更生推着卖酒的小车在门外歪歪斜斜走出了很远,赵龙看见柜台边空空荡荡的,工胡子正在低声地和老板娘说着什么。他的手在老板娘胸口捏了一把,女人的身体晃了一下,咯咯地笑了起来。赵龙感到脚底一软,瘫在了一个酒坛上,昏昏沉沉睡了过去。

5

赵龙醒过来的时候,发现自己躺在一张酥软的大床上,女人在他的一侧睡得正熟。屋外像是刮起了大风，墙上的窗帘拉得严严实实，屋里光线很暗。杏木地板散发出被蛀虫掏空后留下的木屑的气味。

他模模糊糊地记起刚才女人在床上和他做过的事，感到有些后怕。他的手腕的骨节还在隐隐作痛，那副镯子大概已经被赵立本取走了，手腕上留下了两道浅浅的印痕，他记得这样的痕迹他也曾在柳柳白皙的手臂上看到过，她在井边洗衣服或是在采桑的时候，他能听见两枚镯子碰出清晰的声音。

那天晚上他从柳柳的梳妆盒里偷走手镯时，感到一阵紧张，他担心第二天柳柳在梳妆时发现丢了镯子，说不定会大叫大嚷起来。一连过了好几天，他没听到柳柳问起镯子的事，悬着的心才放了下来。

女人已经从床上坐了起来，她挪到他身边，俯身从床头的茶几上拿酒，赵龙看见她松垂的乳房耷拉在床沿上，他心慌意乱地从女人手里接过酒盅，渐渐缓过神来。现在约莫到了落日时分，青纱的窗帘布上泛出暗红的阳光，屋里飘散着陈年米酒的香气。

“你刚才把酒吐了我一脸。”女人从被窝里抽出一块湿淋淋的汗巾，笑吟吟地说。

赵龙正想说什么，他听到屋外像是有人在敲门。老板娘拉开窗帘朝外看了看，又把它合上了。

"大概是村里来打酒的人。"她说。

"更生呢?"

"早晨出去卖酒还没回来。"

"你们家是不是欠了人家的钱?"老板娘点燃一锅烟,慢慢地吸着。

"什么钱?"

"我是说梅梅怎么会嫁给一个麻子?"

"没准她自己愿意。"赵龙漫不经心地说。

"自己愿意?"女人笑了起来,"她去了大窨庄,还不知道给那几个弟兄折腾成什么样子呢。"

女人汗涔涔的手掌像一只地鳖滑过他的肚脐,他看见女人苍白的脸上又泛起了一层红晕。

赵龙似乎很早就听说过这个风骚的女人在子午镇上不寻常的经历,镇上几乎所有的手艺人至今还在叙说着早年和这个女人度过的销魂时光。她从遥远的山村讨饭来到子午镇的那一天,刚好是端午节,村里的女人正忙着在河边洗苇叶,这个脏兮兮的姑娘在一个铜匠的门口站住了。铜匠站在门边吃着粽子,嬉皮笑脸地说了一句:"你要是脱了衣服围着草垛走一圈,我就把手里的粽子给你。"她咽了口唾沫,犹豫了一阵,果真开始一件件地脱起了衣服。当她赤条条地围着草垛走了一圈来到铜匠身边时,铜匠浑身的衣服都让汗水浸得透湿,瘫倒在门槛上半天没缓过气来。

“弟兄几个合娶一个媳妇,没准梅梅真的愿意呢。”老板娘说。

天黑下来的时候,屋外传来了独轮车吱吱嘎嘎的声音,女人一骨碌从床上爬起来,穿好衣服走到了外屋。赵龙听见更生将门上的铜环摇得当当直响。不一会儿,那扇大门一下被推开了。

“你怎么这么早就把门抵上了?”更生说。

“外面那么大的风沙,”老板娘说,“我这会儿正在睡觉呢。”

赵龙屏住呼吸,听着酒坛子撞在墙壁上的沉闷的声音。过了一阵,他听见女人说:“你眼睛东瞅西看地找什么呢?好像我在家里藏了什么人似的。”

更生没有吭气。

“家里的盐没了,你去镇上的小店里买点吧,”女人说,“我这就去做饭。”

赵龙掀开窗帘的一角,在门外即将湮没的光亮中,更生已一瘸一拐地走远了。

6

轿子来到大窖庄的那天清晨,清明节的早市已经散了。

弄堂口的木栅栏猪棚边上站满了围观的人,空气中混杂着硫黄和猪粪的气味,那顶轿子穿过一条条幽深的巷子,在一处土砌的门楼前停了下来。

梅梅从轿内走了出来,跟着媒婆走进了院落,空中抛洒的彩纸片像雪花一样纷纷扬扬地落在她的头巾上。她看见院内歪斜的竹篱围着一畦菜地,地上长满了青草。串杆的荠菜白色的小花在枯井边的草丛里摇曳着。茂密的竹林苍翠的枝条一直探伸到篱笆以内。对面是一排粉墙,廊下挂着几扇晾干的渔网,门前的刺梨树的花瓣落在地上,在风中翻动着。

梅梅朝那幢粉墙走去,新刷的石灰在阳光下泛出刺眼的白光,她看见洞房的门敞开着,几个年轻人正把那些花花绿绿的嫁妆往里搬。

梅梅在屋内的一张新木床上坐了下来,眼前一片漆黑,媒婆在她耳边低声说了几句什么,掀开门帘走了出去。几个小孩叽叽喳喳地从洞里探进头来朝里面张望着。她看见屋里原先坑坑洼洼的泥地像是被铁锹铲平了。潮湿的地面能够映出她模模糊糊的身影。稻草和竹竿糊成的屋顶不时地落下一些泥块,土墙上蜜蜂的巢眼边结满了一个个铜钱般大小的白膜,她记得小时候为了寻找这种白膜粘在钻了孔的芦秆上做哨子,她曾经找遍了子午镇上的每一处颓墙。

随着她的轿子带来的那些嫁妆横七竖八地堆在墙角。朝西的窗口露出一片竹影,太阳细碎的光斑在她身边跳跃着,在油漆刺鼻的气味中,前屋传来的剁刀的声音使她坐立不安。

过了一会儿,一个小脚女人揭帘走了进来,她把一碗枣汤放在她面前,梅梅的身体在冰凉的空气中不断地颤抖。

“你是不是感到有些冷?”女人说。

梅梅摇了摇头,女人走过来摸了摸她的额头:“快趁热把这碗汤喝了吧。”

一缕斜斜的光线懒洋洋地依附在土墙上,从午后到黄昏,她呆呆地看着那道光影像潮水一般地退缩,它漫过桌面上的梳妆盒和一只插着松枝的花瓶,最后落在了地面上。光线的颜色慢慢转成暗红,等到这束亮光在窗外完全消失,前屋传来了猜拳的声音。那些匆匆走进来的陌生女人像走马灯似的更换着,没有人搭理她。她看见窗外垂挂的爬藤在黑暗中沙沙作响,它的枝蔓一直伸到幽幽的月光下。

麻脸人醉醺醺地走进这间屋子的时候,已是午夜时分。她听见那些小孩的叮叮咚咚的脚步声在房屋四周响了一阵,就在黑夜中湮没了。

麻子关上了窗户,嘴里喷着浓浓的酒气,走到了她的跟前,她像是朦朦胧胧地意识到即将要发生的事情,手脚一阵冰凉,她感到自己的内衣被汗水浸得黏糊糊的。麻子的手像一头识路的骆驼,不一会儿就摸摸索索解开了她侧襟的一颗颗扣子。她一想到自己要在这间阴暗的房中和这个陌生的男人度过一生就感到不寒而栗。

一阵风突然吹灭了桌上的油灯,在屋外隐隐约约的舂米声中,她的敞开的胸脯被他浆得挺硬的布衫磨蹭得麻酥酥的。在蓝幽幽的月光中,她听见床下厮打的两只老鼠发出凄厉的叫声,梅梅打了个寒噤,身体朝后缩了一下,退到了门边。

起先,她并没有想到要逃,当她不由自主地跨过门槛,沿着长廊在竹林里跑出了很长一段路,好几次都想停下来,麻子跌跌撞撞逼近的身影使她又一次想起了去年冬天那个阳光灿烂的晌午。竹枝和荆棘不断地抽打着她的脸,沾满露水的蛛网在她的眼睛上蒙了一层又一层,她听见背后的房舍边传来清晰的谈话声,好像有人举着灯朝这边张望着。她一直跑到竹林的深处,不一会儿,她就听到了霍霍流淌的溪水声,她在溪水边站住了,流泻的溪水在月光下泛着银白的光,麻子嘿嘿地笑了两声,走到了她的面前。她看见背后房舍边的那盏灯突然熄灭了。

梅梅躺在溪边厚厚的竹叶上,仰望着那尾残月,身体像铁一样僵硬,过了很久,她从麻子的嘴里闻到了一股熟悉的气味,这股弥漫在父亲书房里的烟草的气息使她渐渐安静下来。

溪沟的对岸一个人影晃动了一下,她看见那个黑影从水面上捞起一张张虾网,不一会儿,他就咳嗽着在黑黢黢的树丛里走远了。

7

断断续续的梅雨在芒种前后停歇下来,春天已经到了它的末尾。

天刚蒙蒙亮,赶集的人群像蚁阵一般出现在大窖庄村外的旷野上,那些花白的猪仔和成群的羔羊推推搡搡在通往集市的大道上蔓延而来。

在雨后清新的阳光之中,梅梅心头积压的阴云渐渐消散了,这个土墙围着的院落和廊下挂着的成串的玉米和豆荚不再使她感到陌生,她甚至习惯了房间里在漫长的雨季缭绕不散的发霉的气味。她像每一个被连绵的雨天弄得心烦意乱的庄稼人一样,在悄悄变得燥热的空气中,等待着地里的麦子一天天长熟。

她在大窖庄度过了短短的一个月,似乎感到时间过去了很久。在她嫁过来的第三天,翠婶曾在一天傍晚来看过她,顺便给她捎来了两只马桶刷子和一副新打好的担绳。除此之外,她就再也没有听到家里的任何消息。

逢节的这一天,梅梅跟着一个卖番茄秧的人来到了集市上,街道两侧低矮的搁栅和碎碎的石子路面一如往昔的样子:那个卖蝴蝶结和头饰的老人坐在药店门口打盹,他身边的地摊上堆满了烂泥烧烘而成的蟾蜍哨子。子午镇上的熟人不时和她擦肩而过,投来闪闪烁烁的目光。她看见村里的一个渔佬正把一面面渔网挂在高高的挑杆上。王胡子帽檐压得很低,一只胳膊支在小车上和卖酒糟的更生闲聊着。

她想起过不了几天就到了开镰的季节,翠婶和柳柳说不准会来买几把镰刀什么的,但她转遍了集市的每一个角落,也没有看见她们的人影。集市快散的时候,梅梅东瞅西看地往回走,婆家的一个远房亲戚看着她失魂落魄的样子,悄悄走到她的跟前:“你是不是在街上丢了什么东西?”

午后的时候,她端着一盆衣服来到村后的水塘里去洗,她远远地看见在河边的紫穗槐丛里有个人坐在那儿,她走近了才认出他来。

哑巴歪着嘴咿咿呀呀地朝她比画着什么。他看上去比以前更加苍老了,高挽的裤腿上粘满了猪粪,他怀里抱着几顶刚买来的草帽,呆呆地看着她。在她刚刚懂事的时候,她就听翠婶说起过那次遥远的葬礼,母亲不真实的身影像风一样变得邈远了。她看着哑巴痴骇的目光,眼中掠过一丝忧伤。她将洗衣盆搁在水码头的一块磨盘上,慢慢朝他走过去,哑巴像是一只受了惊吓的羊羔一步步退到河塘的边缘。

在寂静的河滩上，他们隔着那片树丛站立了很久。

梅梅看见哑巴躲躲闪闪的目光不时地朝身后张望，她的眼前是一片金黄的麦田，看不见村落的影子，田野的尽头是一簇树林，她隐约看见树林边有个熟悉的人影突然闪动了一下，在耀眼的阳光下消失在树篱的背后。

梅梅的眼泪扑簌簌地掉了下来。

8

当院中的杏树飘散出黄澄澄的杏果酸涩的香气时，麦子已经割完了，麦秸在庭院的墙边堆得很高，翠婶坐在前屋的廊下剥着蚕豆，她看见墨河边的水车链条般的木匣像蛇一样爬上爬下，发出咕咕噜噜的吐水声。那条黄狗伏在她的脚边，在阳光中眯缝着眼睛。

赵少忠蹲在鸡埘边麦秸垛的阴影中，用一把剪刀剪着鸡毛，他的身边放着一根用青竹做成的钓竿。一连好几天，翠婶看着他扛着钓竿消失在旷野里金黄色的背景之中，心中涌起了一种宁静安逸的感觉。这些天，赵少忠仿佛变成了另外一个人。猴子的死和几个月前梅梅的出嫁并没有使他陷入孤独的包围之中，相反却带给他难以说清的满足。随着空气一天天变热，他的脚步也一天天变得轻快起来。在潮湿的雨季的夜晚,翠婶不时可以听见他的卧室传来一两声哼哼唧唧的小调。几天前,一个外乡的剃头匠来到了子午镇上,赵少忠坐在门前的白果树下,让那个剃头匠把自己留了十多年的长须刮掉了,那张轮廓分明的脸使翠婶又一次想起过去的岁月。到了晚上,赵少忠偶尔也到镇上的戏院看看戏,或者端着一杯茶突然走进她的卧房,聊几句无关紧要的闲话。他慢慢地恢复了午后读书的习惯,在后院的一株天竺花丛边,他一边翻着发黄的旧书,一边喝着黄酒,有时干脆闭上眼睛伏在书桌上睡到天黑。

一天晌午,赵少忠让她去镇上的药坊里买几盒松香,翠婶起先不明白他的用意,等她从药坊回来,赵少忠已经把一只从床下翻出来的旧胡琴擦得锃亮。他在琴弦上涂了一层松香,吱吱嘎嘎地拉响了琴,胡琴突然发出的猪叫般的声响使她一连打了好几个哆嗦,那声音仿佛是指甲在玻璃上划过而留下的,但她装着能听懂的样子,坐在离他不远的地方纳着鞋底。

梅梅在春收的大忙过后,也回来过几次,带来了一些番茄的秧苗和茼蒿的种子。看着她变得红润的脸,翠婶曾不止一次跟她开起了玩笑:“怎么样?男人的东西还挺管用的吧?”

在换季的这段短暂的郁闷时光中,这个空空荡荡的院落被一种静谧安详的气氛笼罩着,翠婶渐渐地忘掉了过去一连串的不愉快。

自从官塘镇的那个潮湿的夜晚开始，她一直在揣摩着这个终日沉默不语的男人的心思。许多年以来，她像一朵盛开的鸡冠花，转眼间就结出了花籽，每当她和赵少忠在空旷的院内无言相对，她的心头依然掠过一阵隐隐的激动。那个病弱的女人的猝死并没有使她获得想象之中的婚姻，也许是那场在雨中进行的糟糕的葬礼在这个脆弱的男人心头埋下了不祥的阴影，在她试图使赵少忠回心转意的所有努力遭到失败之后，她在难熬的时光中又一次打算逃离这个镇子。但是一个偶然的机遇使她改变了主意。

那是一个仲夏的夜晚，她躺在卧室外的藤椅上乘凉，赵少忠靸着木拖来到了她的身边，挨着她坐了下来。在凉爽的夜风中，她的睡意消失得无影无踪。赵少忠叹息了一阵，像是自言自语地说了一句：

"那些扁豆把我弄醒了。"

"扁豆？"

"那些扁豆像羊屎一样掉在桌子上……"赵少忠说。

"屋子里怎么会有扁豆？"翠婶从椅子上坐了起来。

赵少忠半晌没有说话。在明朗的月色中，翠婶被他那张渴望倾诉的脸感动了，她第一次发现这个平素威严矜持的男人竟像一个孩子似的不知所措。

她感到他的一只手放在她的手背上，翠婶静静地听完了

他对扁豆的抱怨,不禁失声大笑:

"把那些扁豆藤拔掉就是了。"

翠婶屏住呼吸一动不动地坐在藤椅上,她感到巨大的幸福正静伏在黑暗之中悄悄地向她逼近,她担心自己稍一疏忽,幸福的鸟就会从她身边飞走。蚊虫叮咬着她的脚踝,隐隐的痛痒增加了她的兴奋,她听见男人的呼吸变得粗重起来,那只手在她的手背上停了一会儿就挪开了,但那种奇异的感觉并没有消失,她闭上了双眼等待着。过了一会儿,那只手不再躲躲闪闪,顺着她圆润的胳膊一直滑到她的脖颈,她竭力压制的兴奋已经冲破了她的躯壳,弥漫在无边无际的月光之中……

命运在这个节骨眼上再一次跟她开了个玩笑,在凝固的空气中,她听见阁楼下的那扇门突然被人打开了,赵虎拎着裤子走到屋外的阴沟边撒尿。赵少忠咳嗽了一下,将压在她乳房上的手抽开了。

赵虎撒完了尿,睡眼惺忪地走到他们面前,在翠婶的膝盖上伏了下来,不一会儿又沉沉地睡了过去。

第二天晚上,又是一个风清月白之夜,她依旧坐在卧室外的那张躺椅上,等待着昨夜那个令人心醉的时候再度降临。她纯朴的心智使她没有忘记在赵虎卧室的那扇门上挂上一只大锁,她在廊下一直等到后半夜,渐渐听到了赵少忠房里传来的如雷的鼾声。这种婴儿般的鼾声并没有使她怎样伤心,一种更加醇厚的情感在她内心积聚起来，整整一个晚上，她都在倾听着这种声音。

在往后的日子里，她体内炽烈的情火混杂着深不可测的母性的温爱，她像一个尽职的母亲对待婴孩那样照料着他的一切，在一天深夜翠婶为他捉蚊子被灯罩烧焦了眉毛之后，赵少忠像是突然意识到了什么。作为回报，赵少忠的举动显得更为直接一些，他试图让翠婶搬到自己老婆那幢阁楼里去住，在遭到女人无言的拒绝之后，赵少忠将一大串房门钥匙交到了她的手中，这一回，翠婶流着感激的泪水欣然接受了。

一年重阳节，外乡的一个亲戚来到赵家做客，闲聊之中，那个女人朝正在院中剥花生的哑巴和翠婶努了努嘴，笑了一下。赵少忠显然明白了她的意思，他不假思索地请这个女人出面撮合。那天晚上，女人走进了翠婶的房间，没等她把话说完，翠婶就感到眼前一阵晕眩，瘫倒在马桶上。她把自己反锁在那间阴暗的卧房中哭了三天，最后终于答应了。那个女人临走前把结婚的日子定在霜降这一天，可是那个女人到了那天并没有露面，赵少忠也像是把这茬事给忘了。

现在，赵少忠又在院子里拉起了胡琴，她尽管听不懂那些曲子，但她宁愿相信那是为自己拉的。在刺耳的琴声中，她一边纳着鞋底，一边想着过去的那些不着边际的事。突然她听到一声清脆的弦响，琴声戛然而止。她愣了一下，针尖刺进了肉里,手指上渗出了一丝鲜血,她回过头,看见赵少忠正张大了嘴呆呆地看着自己,像是在聆听着远方的动静,又像是预感到了即将发生的什么事。那根绷断的琴弦像卷曲的藤条一样绕在他的膝间。门窗在风中吱吱转动。他们默默地对望着,好久没有说话。

哑巴咿咿呀呀地朝后院跑过来,翠婶的心扑通扑通地跳着,跟着神色慌乱的赵少忠朝前院走去。

“没什么事,”赵虎从廊下闪了出来,“灶屋的水缸裂开了。”

灶屋里水流了一地,那口缸上箍着的铁皮不知什么时候散开了,残破的缺壁像一朵枯萎的莲花堆在墙角,几只小鸡正仰着脖子喝水。

翠婶的眼前浮现出猴子趴在缸上的情景,一种不祥的感觉紧紧地攥住了她。

第四章

1

黄昏的时候，赵少忠拎着一只漆盒，沿着后街碎碎的石子路面朝村西走。他总感到身上哪儿不对劲，朝前走上几步就停下来张望。

夏季闷热潮湿的空气不时勾起他对那些重重叠叠的往事的回忆，他的心头不止一次掠过这样的感觉：眼前破败的街面，那些低矮的店铺在夕阳中的阴影以及飘拂的门帘中挑出的酒幌总是和过去牵扯在一起，他仿佛感到自己的一举一动都是在重复一个遥远的模糊不清的日子，他在每天清晨坐在后院的那块护栏石上守候天明时，也会有这种类似于梦中的感觉。

他看见花圈店的老板正把挂在墙板上的花圈取下来搬回屋

内，看见他远远地走过来，钱老板朝他笑了一下，没有说什么。

宽宽的墨河在村西拐了一个大弯，蜿蜒的河道将一排排树木掩映下的粉墙圈在里面，那些高大的槐树浸没在夕阳之中。赵少忠记得这里原先是一块杂草丛生的荒地。一年春天，赵伯衡在这块荒地上种了大片的黄麻，并在黄麻地的四周砌成了几道低低的围墙，到了夏秋之交黄麻收割的季节，那些剥掉了皮的麻秆在河边堆得像小山似的，他的眼前又浮现出小时候踏着月光在黄麻地中捉鸟的情景。赵伯衡死后的那些年，黄麻地又开始荒芜了，雨水将这片空旷的黄泥地冲得坑坑洼洼的。后来不知是谁把那几道围墙也拆了，终于有一年，村东的一个篾匠开始在这块地上搭建棚屋，随后一些破破烂烂的竹器铺和修马桶的作坊在树林中出现了。他们用混杂着稻草屑的土秸砌成墙面，没有柱梁的屋子的顶篷就临时搭在树木上。

三老倌的木器店和染布坊就坐落在河边，到了秋天，村后田野上种植的茜草开出了粉黄色的小花，那些雇工便把它连根拔起摊在河边的沙滩上晒干，剁下茜草的根茎做染料，将剩余的枝叶卖给村中的药店。赵少忠常常可以看到那些身上沾满红色染料的染布匠在村里晃来晃去，那些染好的纱布和衣物被装上河边的小船运往外地。染布业的兴盛使三老倌决定把河滩上的那些棚屋买下来，一片雪白的粉墙仿佛在一夜之间就在河边的树丛中矗立起来。每到晚上，铁匠铺闪烁的炉火将树林衬得通红，刨花和煮熟的棉纱的气息在很远的地方就可以闻得到。为了使船只在枯水季节也能靠岸，三老倌在河边用木桩临时搭起了一座码头，渐渐地，这片原先开阔的空地变得拥挤不堪。

街面上冷冷清清的，缩在街角卖李子和黄瓜的生意人已开始收摊了。赵少忠越往前走，越感到有些不对劲。他不知道心中积压的郁闷源于何处，他从来来往往的行人的狐疑的目光中感到很不自在。手里拎着的漆盒在残剩的光线中投下方方的影子，远处渡口上停泊着几只小船，桅杆上洒满阳光。河的对岸一片沉寂，那些荒凉的沙丘一座连着一座一直延伸到南山脚下。

今天是三老倌七十岁的寿辰，赵少忠一大早就坐在门外的白果树下聆听着村里的动静，一直等到午后他也没有听到鞭炮声。太阳光逐渐转成暗红色，他回到屋里又一次翻了翻墙上挂着的皇历，才拎着漆盒走到了屋外。

现在，赵少忠已经走到了那座八角祠堂的边上。门外圆圆的池塘边有几个女人正用糙石磨着刚刚打好的凉席。赵少忠走到祠堂门口的一尊石狮旁停了下来，他突然想起自己把月份记错了，三老倌的生日应该是在上个月。他呆呆地在门外静立了一会儿，搜索着散乱的记忆，显得有些不知所措。在河边女人叽叽喳喳的议论声中，赵少忠迟疑不决地走进了祠堂。

屋子里散发着一股灰尘的气味，天井的墙边堆放着一些树木，枝条上已经长出了一簇簇菌子，三老倌的那扇门紧紧地关闭着，没有一丝声息。瓦楞上的千针藤在风中摇曳，一抹余晖照在被烟灰熏得漆黑的伞墙上，屋顶的烟囱上栖息着一只灰鸽。

赵少忠的目光无意中触及了那架废弃的水龙，他不寒而栗。他的眼前又飘满了烧焦的棉絮和椽子的气息。他隐约记得那天天快黑的时候，呼呼的火苗把天空照得像白昼一样，一个年轻的女人拉着他的手，踮着小脚朝河边跑去，他看见大风把燃烧的屋顶整块地掀起来，空中飘飞的灰烬像成群蝙蝠在树林的上空盘旋。赵伯衡站在离他不远的一个土坡上一言不发，他披着一件单衣，瘦削的脸颊在火光中忽明忽暗，他像在看戏一般直着脖子静静地看着火势向河边蔓延，浓烈的烟雾呛得他不停地咳嗽。那个年轻的女人在他身边急得直跺脚。过了一会儿，赵少忠看见弄堂口有几个年轻人抬来了呜呜直叫的水龙，水龙的压水杆上伏满了人影，可怎么也压不出水来。旁边的女人晕倒之后，赵少忠感到有些害怕，他抖抖索索地钻进了树林，一直跑到看不见火光的树荫深处，才停下来，在远处喧闹的嘈杂声中，他伏在一块冰凉的风动石上沉沉睡去。

2

赵少忠正站在水龙边呆呆地出神，身后的那扇门“吱嘎”一声吓了他一跳。三老倌手里捧着一只黄铜水烟壶从门里走了出来。

“是你啊，”三老倌说，“我说怎么听见外面有响动。”

“上个月你寿辰的那天，我被家里的一些事耽搁了。”赵少忠想了一下，说道。

“是啊，那晚我让侄子去叫你来喝酒，他说你们家的一口缸破了，那会儿你正在灶膛里用木瓢往外泼水哩。”

“水缸上的一只铁皮箍散了。”赵少忠说。

他依稀想起那天确实看见皮匠在庭院里晃了一下，他像是不小心踩了柳柳一脚，柳柳当时还叫了一声。

“这些天，我一直也想去看你，可腰疼得厉害。”三老倌说着，把赵少忠让进了里屋。

一个三十出头的女人将桌上的油灯拨了拨，屋子顿时亮堂起来。赵少忠记得她像是镇上哪家的闺女，平时在街上也时常碰到，可就是想不起名姓，他将手上的漆盒递给她，女人朝他浅浅一笑。

“这些日子生意还好吧？”赵少忠说。

“生意倒是不错,”三老倌说,“可让人心烦的就是河边那块巴掌大的地方,船上的货都没地方卸,成捆的棉纱堆在铁匠铺里,天一热溅上火星烧起来,连救都来不及。”

赵少忠没有搭腔。

三老倌将一支软纸卷成的引捻吹得红红的,凑在烟筒上咕咕咚咚地吸着水烟。

“有一件事我一直想找你说说。”三老倌抬起头看了他一眼。

“什么事?”

“子午桥头倒是有一块不错的地方,我想把它买下来。”

“你是说那处断墙残壁?”

“是啊,那处地方几十年来一直荒着,你还不如把它卖给我。”

“我倒没有想过这件事。”赵少忠笑了一下。

“你出个价吧?”

“先前镇上也有人找我买那块地,钱倒是小事,只是那块地是祖上传下来的……”

“你要是不乐意就算了。”三老倌说,“我只是随便问问。”

窗外天已经完全黑了下来,赵少忠心事重重地在桌边坐了半晌,一时找不到话说,便站起身来,三老倌寒暄了几句也没有强留。

赵少忠走到门边,不留神将墙角的一只养着乌龟的陶盆踩翻了,水溅了他一身。

3

晚上,柳柳像往常一样在空空荡荡的卧房里做完了针线,正要吹灯入睡,突然听见楼下梅梅的房间里传来什么东西被撕碎的声音。她屏住呼吸,侧耳聆听了一会儿,从床上坐了起来。

梅梅出嫁以后,她的卧房一直空着,柳柳躺在阁楼上,常常感到房屋在风中像树一样地摇晃起来,一连好几个晚上,她总是被屋外的各种声音弄得难以入睡。有时檐下一只筑巢的小鸟的鸣叫或者一只在瓦楞上行走的花猫都会使她从梦中醒过来。

现在,她又一次听到了那种声音,在夜深人寂的晚上,它听上去像是一匹布被撕碎了。不一会儿,楼下传来椅子被碰翻的响动。柳柳从床上爬起来,举着那盏罩子灯,拉开门走到屋外的廊下。

月亮已经升到了中天,满天的星斗闪闪烁烁,像是洒在一面绒毡上的数不清的金粉。父亲和翠婶的房间漆黑一片,月光中间或传来一两声山羊的啼叫。院中高大的树木显得影影绰绰的。

她走下楼梯来到梅梅的卧房跟前,那声音突然停息了,她蹑手蹑脚走到窗下,房间有个人影晃动了一下,使她的心房突突地跳起来。她将灯举到窗台上,看见哑巴惊慌失措地坐在梅梅的床边,张大嘴呆呆地看着她,他的头上、肩上落满了布屑。

哑巴用一只手挡住窗口射进去的光亮,另一只手将撕得破破烂烂的花布衫藏到身后。

柳柳像是意识到了什么,耳根一阵燥热,哑巴抖抖索索地坐在床沿上有些不知所措。柳柳长长地嘘了一口气,走到门边,朝他做了个手势,哑巴像一阵风似的从门洞中窜了出去,消失在院子的树丛里,他的胳膊碰到柳柳的肩膀上,她忍不住打了个寒噤。

这个外乡人总是勾起她一种莫名其妙的感觉,他躲躲藏藏的目光像是包含着某种不为人知的秘密。柳柳懂事的时候,耳边常常掠过一些有关他的荒诞不经的传闻,这些令人心悸的闲言越发加深了她的深深的厌恶感。梅梅对这个聋哑人出人意料的同情与宽容使她感到隐隐的担忧,她似乎觉得这个外乡人的聋哑是装出来的,她害怕有一天他会突然说出一两句什么话来。

柳柳在院中的廊下静静地站了一会儿,肩上依然残留着一阵麻酥酥的感觉，她举着罩子灯走到楼梯口，又止住了脚步。她看见晦暗的楼梯上有一团黑乎乎的东西，看上去像是一只死鼠。她的心像是被针刺了一下。

她已经不止一次在楼梯上看见死鼠了，它的雪白的牙齿龇在外面，灰色的皮毛上沾满了露水。前些天，她在院中刨番瓜时，曾跟翠婶提起过这件事。

“这一带最近闹起了瘟病，镇上的鸡都死得差不多了，没准老鼠也得了那种病。”翠婶说。

“可它们怎么老是死在楼梯上，会不会……”

“说不定楼道口有一个鼠穴。”翠婶说。

“会不会有人……”

“你总是疑神疑鬼的。”翠婶笑了一下，“树影动一下也会吓你一身汗。”

柳柳没有再说什么，当天下午，她在楼梯口的阴沟边、瓜藤中找遍了每一个角落，也没发现鼠穴。第二天，翠婶从镇上的药店里买来了一些药粉，撒在那座阁楼的四周，院子里立刻飘满了一股刺鼻的气息。那天晚上，柳柳在卧室听见父亲被药味呛得直打喷嚏。

“哪来的一股药味。”父亲在院子里说道。

“我从镇上买了一些药粉，这些天，家里到处都是老鼠。”翠婶说，“它们常常爬到我的床上来。”

夜渐渐地深了，树林中刮过来的风使她微微感到有些凉意，柳柳伫立在楼道口，感到心头被什么东西压得喘不过气来。她听见背后的一扇门打开了，她转过身，看见赵虎的卧房里亮起了灯光，赵虎披着一件单衣从门口探出头来朝这边张望。

“你在找什么？”赵虎说。

“没什么。”柳柳说，她不由自主地朝赵虎走过去，不时地回过头朝楼梯上看。

“你像是被什么东西吓着了吧？”

“没有。”

“你的样子看上去像得了一场热病似的。”赵虎说。

柳柳笑了一下。

“这么晚了怎么还不睡觉？”

“睡不着，我到楼下来转转。”柳柳说。

“这些天我老是看见你三更半夜在院子里晃荡。”

柳柳走进了赵虎的卧房，赵虎捻亮了桌上的灯，从床下抽出一张糙纸卷了一支烟，慢慢地吸着，在烟草的香气中，柳柳松了一口气，渐渐平静下来。

“我刚才上楼的时候看见楼梯上有一只死鼠。”柳柳说。

“一只老鼠有什么可怕的？”赵虎看了她一眼，“我真担心你会被吓出病来。”

柳柳正想说什么，看见赵虎的枕边放着一把闪亮的尖刀，她的心又怦怦地跳起来。

“过些天我就要跟船到江北去了。”赵虎说。

“什么时候走？”

“那条船的货舱朽坏了，村里的几个木匠正在修。”

“什么时候回来？”

“没准。”赵虎说。

油灯的火苗在风中扑闪着，赵虎长满胡茬的脸在火光中显得疲惫而苍老。屋外敲更的竹梆的声音在深巷中回荡。

“你要不就在我的床上躺一会儿吧。”赵虎说。

“不了。”柳柳说。

她站起来朝门外走，赵虎跟着她来到屋外。柳柳想起小时候母亲死的那一天，她和赵虎缩在床上的被窝里在灵堂里隐隐的哭声中守候天明的情景。她仿佛感到母亲憔悴的身影躲藏在树木的阴影中，几十年来一直没有离开过这座院子。

她走到楼梯的边缘停了下来，赵虎举着灯朝上走了几步，俯身将那团黑乎乎的东西提了起来，柳柳侧过身，眼睛不敢朝那边看。

“一段烂草绳。”赵虎嘿嘿地笑了两声，将手里的东西扔到了墙外。

柳柳回到房间，躺在床上不一会儿就睡着了。天快亮的时候,她做了一个奇怪的梦。她梦见自己独自一人在黄昏的时候走进了一片桃林,淙淙的流水顺着树根一直流到她的两腿之间。她看见水边栖息着一群白鹤一般巨大的苍蝇,它们在水里搓洗着细长的脚蹼,一阵突如其来的风吹掉了她的衣裙,衣服的布屑远远地挂在树枝上,那些成熟的桃子扑簌簌掉在地上,桃子晃动着细长的尾巴朝她蔓延过来,爬到她身上,压得她喘不过气来,她赤身裸体躺在青草上,一个她熟悉的人影来到她身边,他喃喃自语着,用粗糙的手掌磨蹭她光光的肚皮。她的腹部渐渐隆起,像气泡一样慢慢膨胀,最后“嘭”的一声爆裂了……

柳柳醒来的时候,太阳已经升高了,桌上的那盏油灯在地上摔得粉碎。她听见父亲在院中咳嗽着,像是用一把剪刀“咔嚓咔嚓”地修剪着树枝。

4

赵虎从码头上往家走的时候,天已经完全黑了下来。四周是一片萝卜地,蟋蟀在草丛中不安地鸣叫。天空沉沉地滚过几道雷声,阵风在旷野中一个劲地横吹着。

他走到一座破砖窑的边上,依稀听到了身后传来的脚步声,他转过身,一辆木板车嘎嘎地叫着已经在一条坡道上走远了,渡口泛出的紫红色光亮浸没在黑暗之中。他眼前不远处就是子午镇,他看见那些乘凉的人坐在墨河岸边,低低的说话声远远地飘过来。他又朝前走了一段,隐约看见前面那座木桥上像是有个人影晃了一下,一团亮光在树篱中闪了一下就熄灭了。赵虎的手无意中碰到了身上的一个硬邦邦的东西上,那是一把尖刀的刀柄。在呼呼的风声中,月亮在疾速浮动的云层中若隐若现,他穿过一片茄子地和几条沟溪,走到了那座桥上,桥下的流水发出霍霍的响声,夹岸的松树黑黢黢地一直延伸到远处的夜色之中,桥头的荆棘丛中有几只萤火虫上下飞动着,赵虎长长地嘘了一口气,径直朝村里走去。

也许是自己太紧张了,赵虎想,那条漏水的船正在运河的岸边日夜赶修,过不了几天,他就要跟船到江北去了。这些天,他常常被一种莫名其妙的恐惧感笼罩着。他总感到在那条船修好之前有一件什么事在等待着他,他不时地回想起许多天之前偃林寨那个月黑风高的夜晚,心头掠过一丝不安。

在雷雨前出现的短暂的凉爽空气中,子午镇的人一簇簇挤在墨河岸边弯弯曲曲的柳荫道上。他们摇着蒲扇,坐在竹席上漫不经心地聊着琐碎的往事,街面上空无一人,几家酒馆的门楣上悬挂着纸糊的灯笼,暗红的光亮投射在街道两边的粉墙上,飘飘忽忽地晃动着。

赵虎走到了花圈店的边上,在铺子里散发出的锡箔和香纸的气息中，他似乎感到四周的气氛显得有些不对，天空偶尔划过一道闪电，他终于看清对面不远处站着一个人，竹林的阴影遮住了他的脸，他慢悠悠地吸着烟斗，嘿嘿地笑了两声，朝他走过来。赵虎退到院墙的边上，一股不祥的气流顿时爬遍了他的全身，他的眼前又一次浮现出柳柳抖抖索索的身影。前天晚上，他在楼梯口看见那只死鼠时，在迷离的月色中感到了一阵阵惶恐，那只龇牙咧嘴的老鼠已经开始腐烂了，他捏住它的尾巴拎起来的时候，闻到了一股刺鼻的恶臭。这只晚上突然出现在楼梯上的死鼠一定是有人从墙外扔进来的，他看了柳柳一眼，不假思索地告诉她那是一段烂绳子，随后他听到了柳柳松了一口气的声音。现在，面对着正朝他慢慢走近的人影，他忽然想到没准柳柳的感觉是对的，她一定知道更多的事情，由于找不到人诉说，也许只能一直闷在心里，这一点，他在猴子死的时候就从她脸上看出来了。

赵虎贴着墙壁慢慢往后退了几步，他的手摸了摸衣兜，那把前些天磨得锋利的尖刀突然不见了，他心底一沉，急得直想撒尿。

赵虎沿着那条狭窄的小街跑出了很远，才放慢了脚步，街上的肉店边上有一个大院亮着灯光，像是有人正在院里杀猪，猪的号叫声渐渐衰竭了，他听见了猪血哗哗地流在铜盆里的声音。

他转身踅进了一条幽深的弄堂,那个人影远远地跟了上来。赵虎一边跌跌撞撞地朝前跑,一边敲打着弄堂两侧的木栅栏门板。不一会儿,他已经跑到了弄堂的尽头,前面是一大片开阔的树林,他站在弄堂口显得有些心慌意乱,黑暗中突然闪出一个人来把他吓了一跳,那个人拽住了赵虎的手腕。

“这么晚了你还往哪里跑?”村东的张寡妇手里拎着一串刚从地里拔起来的水萝卜,笑盈盈地对他说。

赵虎定了定神,没有搭理她,他看见弄堂里有一扇小木门拉开了,一个老头光着上半身举着一盏灯,探出头来看了看,然后又把门关上了。在漆黑的弄堂被灯光照亮的那一刹那,他看见弄堂的另一端有个人影风一般飘过。

“你在看什么?”张寡妇说,“是不是有人在追你?”

张寡妇松开了那只捏着赵虎的手,怔怔地看着他。赵虎闻到了一股脂粉的香味。

“几个要债的。”赵虎搭讪了一句,转身走进了那片树林。

镇子上的声音离他越来越远,月亮被一团浓密的浮云遮住了,树枝在狂风中摇摆着,发出尖厉的呼啸声。不一会儿,在一道道电光之中,豆大的雨点扑簌簌掉落下来,敲打着树叶和遍地的瓜藤。赵虎在树林中跑了一阵,被一块墓碑绊了一跤,摔倒在坟堆中。他浑身被雨水浇得透湿,眼前似曾相识的一切仿佛是梦境中的事物,显得影影绰绰的,他怀疑自己此刻正躺在家中松软的木床上做着噩梦,便使劲地揪了揪自己的头发。

他终于又听到了那种声音,它像是脚踝从深深的泥水中拔出来而发出的,又像是和女人在床上交媾的声响,在一阵巨大的恐惧中,他隐约感到有些激动。

他不知道自己在这片丛林中跑出了多远,当他看见雨中远远静立的一座破屋的阴影时,一颗悬着的心才渐渐安静下来。他想起那座破屋里住着一个瘦弱的老头,他常常看见这个老人在子午镇外的田埂上放牛。他绕过一块水塘,走到了屋前的一棵树下,在门板上敲了几声。

老头从门缝中露出一张苍老的脸,上上下下地打量着他。

"你是一个过路的人吧?"老人说。

"是啊。"赵虎说,"雨下得这么大,我能不能在屋里避避雨?"

老人笑了一下,把他让进了屋内。

屋里的地上积满了雨水,屋顶上被风掀掉的瓦片的缝隙中呈现出一线灰蒙蒙的天空,那头黄牛伏在墙边反刍,屋里飘浮着新鲜牛粪的气味。

老人抱来一捆稻草扔给他,赵虎贴着墙角坐了下来,在时断时续的风雨声中,他一夜没睡。

5

第二天一早，赵虎沿着泥泞不堪的小路朝码头走去。王胡子坐在运河岸边一只废弃的破船上，正和一边的赵立本说着什么。

赵虎从他们身边走过的时候，王胡子从身后跟了上来。

“兄弟，我在这里等了你好久。”王胡子说。

“什么事？”

“你们那条船什么时候可以修好？”

“快了。”

“能不能捎上我？”王胡子说。

“你想去江北贩烟草？”

“是啊，眼下雨季一来，家里的烟草都发霉了。”

“这事跟我说有什么用？你得去跟船主商量。”赵虎漫不经心地说了一句，正要走开，王胡子从身后拽住了他的衣襟。

“昨天晚上你干吗那么跑？想是又被女人缠上了吧，我看见你跑进了肉店旁的弄堂，可我一直追到树林边也没看见你的人影。”王胡子说完，嘿嘿笑了两声。

赵虎愣了一下，随后开心地笑起来：“你站在竹园的边上，我还以为是碰见了鬼呢。”

“竹园?”王胡子不解地问了一句,转过身去。赵虎看见船主从河里的木船上跳下来,顺着江堤朝这边走,在他身后,放晴的天空布满了缎带一般的云彩,开阔的河面上,一只白色的水鸟扑打着水波渐渐飞远了。

6

这些日子,翠婶天天看见赵少忠站在一张木梯上修剪着树木的枝条,那些树枝差不多让他剪得光秃秃的,连那棵去年刚刚栽下的小刺梨也没有放过。院子顿时显得开阔了许多。起初,翠婶还不时地提醒他:这些幼小的树秧在夏天剪得太多,用不了多久就会枯死。赵少忠一声不吭像是对剪枝着了迷。

不知从哪一天起,翠婶发现赵少忠的神情渐渐变得颓唐起来,一天到晚说不了几句话,在餐桌上匆匆扒了几口饭就将筷子搁下来。即便在深夜,她也能时常看见他孤零零的人影在屋前屋后晃来晃去。

有一天他突然让翠婶把后屋的那两只山羊牵到集市上去卖掉,翠婶想也许山羊的叫声使他难以安眠。她随口说了一句:山羊在夏天瘦骨嶙峋的,恐怕卖不出好价钱。

“那就把它宰了吧。”赵少忠说。

当院中的羊肉的膻腥味渐渐消散之后，赵少忠便对屋檐下的一排鸽箱看不太顺眼了。一天傍晚，他终于亲自用竹竿将鸽箱捣得稀烂，那些咕咕叫唤的鸽子围着屋顶盘旋了整整一个晚上，第二天就飞走了，再也没有飞回来。院内的一切能发出叫声的东西都离它远去了，本来空旷的院子显得更加冷清，翠婶注视着地上散发着清香的叶被，在“咔嚓咔嚓”的剪刀声中，她似乎懂得了赵少忠将那些树木的枝蔓剪掉的目的是为了让啼鸟在院中无法做巢。

赵虎已经有好几天没有回来了，她的耳边偶尔掠过码头上修船的讯息，也许不久以后赵虎就要随船去江北了。一想到赵虎的离开，她就感到一阵慌乱，但愿那条船永远修不好，她想。柳柳整天心事重重的，她似乎感到自己也慢慢被她若有所失的神情感染了，心房常常莫名其妙地突突跳起来。

赵龙依旧天天晚上去酒坊打牌，早晨睁着血红的眼睛回到院中，在床上一直睡到天黑。秧田里的稗草都长到尺把高了，被雨水冲得铁硬的稻田已很久没有松过土，即使没有旱涝之灾，看上去秋后的收成也不会好。赵少忠对这一切从来不闻不问，他好像对所有的东西都丧失了兴趣。在这之前，他对子女的管教一直非常严厉，有时甚至过了头，赵龙六岁那年从地里偷了一只香瓜，被几个农妇追到屋里，赵少忠二话没说就揪住他的后衣襟将他拎了起来，重重地摔到了墙角的一架废旧的木犁上，赵龙在床上躺了三天后，开始尿出一股股的黑血。村里的郎中闻讯赶来，他检查了一遍赵龙的身体，显得束手无策："将血止住倒是很容易，只是恐怕他以后会生不出孩子来。"每天晚上，翠婶将抓来的药煮熟后盛在一只夜壶里，让赵龙蹲在夜壶上，几天后，赵龙的肚皮被蒸气熏出了一个个大水泡，那个胀得像红红的辣椒似的东西终于慢慢消了肿。赵龙娶亲的那会儿，翠婶看着那个长得俊俏的外乡女子，总担心他们俩日后说不定会闹出什么事来。过了两季，猴子在一个春夜呱呱坠地，翠婶站在院中谛听着婴儿的哭声，心头悬着的一块石头才落了地。

天知道赵龙是怎么把他弄出来的，翠婶想。

出乎意料的是，赵少忠对这个日渐长大的孩子没有表现出多大的兴趣，猴子过周岁的那天，村里的人都前来贺喜。三老倌看了一眼躺在摇篮里的婴孩，像是开玩笑似的说了一句："这个野种长得倒蛮伶俐的。"

站在一边的赵少忠像是被雷击了一下，手里的茶杯掉在地上摔得粉碎。

7

一天下午，梅梅从大窨庄回到了家中，翠婶正在院中翻晒着腌好的萝卜干，她看见梅梅脸色阴郁地朝她笑了一下径直朝后院走去。翠婶觉得她刚才的神情有些不对，脸上风干的泪迹依稀可辨，摇摇晃晃的身体像是生了一场大病似的。不久，她就听到了后屋梅梅的卧房里传来低低的哭声。

翠婶朝后院走了几步，看见柳柳正从阁楼的楼梯上下来。

“姐姐回来啦？”她说。

翠婶朝卧房的方向努了努嘴。

这个院落里几乎每天都会发生一些不顺心的事。翠婶已经渐渐感到有些腻烦了，要是在往常，她早就卷起铺盖卷离开这儿了，哪怕是到山上去做个尼姑也比这里安静得多。现在，衰老的皱纹已经爬上了她的额角，她渐渐意识到自己永远也不可能离开这个院子了，她仿佛感到自己身上有种东西和它连接在一起，每一件事的阴影都深深地笼罩着她，她自己也说不清这是为什么。

翠婶像一只无头的蝇虫在院里来回转了几圈，来到了柱廊下，屋里传出梅梅咬着褥子发出的哭声，她走进卧房，看见梅梅将上半身的衣服脱得精光，露出一块块瘀血的青斑。

黄昏的时候，翠婶拿樟木枝煮了一桶水，用一块棉花为她擦洗身上的伤口，她看到梅梅脖子上的牙齿印顺着胸脯、肚皮，一直延伸到大腿上，好几个地方渗出了血迹。凭着她对男人的经验，翠婶对这些牙印并没有感到多大的意外。她唉声叹气地劝慰着梅梅,眼前时不时闪现出早已消逝的年轻时光。在官塘镇的那些漫长的夜晚,她送走了一个个贪婪的男人,白天的日子她浑身酸痛地躺在床上,对渐渐来临的黑夜惊恐万分。在梅梅的哭声中,她的眼泪也大把大把地掉落下来,柳柳坐在一边呆呆地看着她,她不知道自己的眼泪是源于过去的辛酸还是一去不返的时间。梅梅断断续续地哭诉着,翠婶想着自己的心事,一句也没有听进去,她似乎从柳柳臊得通红的脸上发现了什么,又向梅梅追问起事情的原委。

"什么时候?"翠婶说。

"昨天晚上,天已经黑了。"

"在什么地方?"

"桃园里。"梅梅说。翠婶看见柳柳冷不防打了个寒噤。

"管他是二哥还是三哥,也不能把人折腾成这样。"翠婶说。

"先是二哥,然后是三哥……"

"麻子呢?"

"他在一边看着不管。"

"这个该死的麻子。"翠婶说。

"三哥走过来的时候,我浑身一点力气都没了,我哀求他过一天再说……"梅梅哽噎住了,过了一会儿,又接着说,"他就是不依……后来不知谁从沟里舀了一桶水浇在我身上……"

梅梅突然止住了哭泣，赵少忠一掀门帘走了进来，他看见梅梅赤裸的肩膀和背脊，又从门槛上退了出去。

天慢慢地黑下来，麻子带着几个大窨庄的小伙子来领人，看上去赵少忠对于昨天发生的事一无所知，他笑嘻嘻地在堂屋里摆了一桌酒席，陪着麻子一直喝到深夜。

梅梅被麻子带走的时候，翠婶将他们送出门外。在屋前的白果树下，她看见麻子喝得醉醺醺的，将一段事先准备好的绳子抖了出来。那伙人走到墨河对岸就停了下来，在黑暗中，她听见河边传来梅梅的一声怪叫，麻子骂了一句什么，簇拥着她推推搡搡地走远了。

8

转眼间就到了三伏天，炙热的阳光将地面烤得裂开了缝，墨河上蒸腾起一缕缕的白烟。赵少忠坐在门前的白果树下，汗水将身下的藤椅浸得湿乎乎的，翠婶从后院拎来一桶桶井水，泼在滚烫的地上，他感到一股热气朝他迎面扑来。

前些天来过的那个陌生的年轻人在晌午的时候又来到了赵家大院，此刻他正坐在堂屋里吸着烟斗，他高大的人影静伏在门槛边的罗纹砖上，幽暗的门洞里飘散出一团团的烟雾。这个人看上去有些面熟，赵少忠怎么也想不起在哪儿见过他，也许是在子午镇做工的外乡人，这个一言不发的年轻人第一次来到院里找赵虎的时候，赵少忠把他让进堂屋，给他沏了一杯茶，赵少忠自言自语似的跟他聊了几句，想打听他的来意，他一直缄默不语。

这段日子，常常有些陌生人来找赵虎，他不知道赵虎这些天在镇上又惹出了什么事，他的眼前闪现出几年前那三个扛着花圈的姑娘的身影，心头掠过一阵烦躁与不安。

现在，太阳已经偏西了，赵少忠呆呆地注视着空空荡荡的街面。邻居在屋前的篱笆边燃起一堆薄荷草熏蚊子，浓烟顺着微弱的东南风飘过来，呛得他直打喷嚏。他摇着蒲扇回到了屋里。被剪得光秃秃的树丛中找不到一处荫凉的地方，他绕过一排回廊，朝自己的卧房走去。

后院的两扇侧门敞开着，井台边洗了一半的衣服搁在那儿，柳柳不知去了哪里。哑巴举着一杆连枷，噼噼啪啪地打着地上的豆荚，豌豆在他的身边跳荡着，他不时地从口袋里掏出一块枕巾似的红布擦着脸上的汗水。

赵少忠坐在卧室的窗边，心不在焉地翻阅着一本本旧书，目光越过窗框，看着那个坐在堂屋的年轻人。陌生人在渐近的黄昏中离开了那里，赵少忠轻轻地叹了一口气，走到了屋外，他看见翠婶手里捏着一个亮闪闪的东西若有所失地朝后院走过来。到了近前，他才看清那是一把磨得锋利的匕首。

翠婶脸色灰暗，像是被什么事吓着了一样，重重地喘着粗气。

“你是从哪儿弄来的这玩意儿？”赵少忠接过匕首，看了看。

“在堂屋的桌上，没准是那个年轻人留下的。”翠婶说。

赵少忠感到一阵晕眩。这些天，对于那些走马灯似的陌生人的来临，他虽然感到隐隐的不快，但他一直以为他们不过是为了几两银子，现在看来，事情远远没有这么简单。

“那个人走的时候说过什么没有？”

“没有。”翠婶说。

“赵虎的身上会不会有人命？”过了半晌，翠婶又说。

“人命？不会吧？”

“去年冬天他从什么寨子逃回来的时候，我总感到有些什么事。”

“偃林寨？”赵少忠愣了一下。

“他袖子上的血我用糯米汁洗了几遍都没洗掉。”

“今天来的这个小伙子不像是本镇人。”赵少忠说。

“哪儿呀，”翠婶笑了起来，“他就是镇上的王二毛，小时候为了跟人赌一块干馍还吃了一撮狗屎哩，你怎么全忘啦？”

“一转眼，那小子长这么大了。”赵少忠自语道。

“三天前来过的那个人倒像是外乡人。不过——”翠婶说,“这究竟是怎么回事我都被搞糊涂了。”

“王二毛现在在镇上做什么?”

“听人说他在三老倌的一个铺子里做事,我也说不清到底做什么。”翠婶说。

赵少忠从桌边站起来,慢慢踱到门边,又转过身来:“你去渡口把赵虎找回来。”

翠婶急急地朝门外走了几步,赵少忠又叫住了她。

“还是我去吧。”

黄昏时分,赵少忠拄着一根拐棍,独自一人朝渡口走去,墨河的岸边三三两两地坐着几个乘凉的老人,几个妇女手里拿着竹竿和绳子在河边的树丛里搭着帐篷,晴朗的天空没有一丝云彩,午后炽烈的光线现在渐渐暗淡下来,天气变得凉爽了一些。街上正是人多的时刻,新鲜瓜果的清香中混杂着腐沤的烂叶的酸臭。

赵少忠来到渡口的时候,船工和几个木匠正在船头喝酒,太阳已经悬挂在河面一望无际的丘陵的草丛中,它的余晖将河水映得红艳艳的。看见赵少忠走过来,船主站起身来放下了跳板。船主是一个江北佬,头顶微谢,他春末的时候贩了一船生姜到子午镇来卖,在这里已经盘桓了几个月了。

“今天你怎么有空到河边来转转?”船主给他斟了一杯酒。

“赵虎怎么没在这儿?”赵少忠的目光扫过每个人的脸,停留在远处的河面上,那里一簇刨花被风越吹越远。

“他大概已经回去了吧。”船主说。

“他已经有好几个晚上没回家了。”

“他白天时常来这儿,晚上从来没在船上过过夜,大概在镇上找到相好的了吧?”

“我常看见他在镇上棉花房对面的酒店里喝酒。”一个船工说。

“你们这条船什么时候能修好?”赵少忠问了一句。

“快了,”船主说,“三天后就开船。”

在夕阳的最后一片亮光中,赵少忠悻悻往回走。这些年他很少出门,子午镇的那条旧街边又修了一条新街,看着那些店铺里出入的陌生面孔,他常有一种置身异乡的感觉。他穿过一片萝卜地,走到了长满松树的木桥边,隐约听见街上传来棉花弹弓嘭嘭的声响。

棉花铺子的四周飘满了纷纷扬扬的棉絮,对面酒店的门帘低垂着,他看见酒柜边站着一个熟悉的人影。不一会儿,柳柳脸上红扑扑地挑开门帘走了出来,酒店老板将头伸出窗外:“早上他还在这儿喝过酒,你再到别处看看吧。”

柳柳心事重重地走到赵少忠身边,脸色阴沉沉的。

“我把镇子都找遍了,就是不见他的人影。”柳柳说。

赵少忠没有吱声,低着头往回走,那根包着铁皮的拐棍在碎碎的街面上发出“笃笃”的声音。他们走到那家肉铺边的一条弄堂口,柳柳从身后追了几步,走到他的跟前:“赵虎会不会在那座破庙里?”

赵少忠止住了脚步,他看见在那片浓密的树林背后空旷的田野上矗立着一座颓圮的破屋,屋前的池塘泛着白光。

“他去那座破庙干吗?”赵少忠咕哝了一句。

柳柳已经拐进了那条狭窄的弄堂,朝那座房子走去,赵少忠远远地看着她。

那座房子原先是一个庙宇,一年夏天院墙被风刮倒了之后,再也没有人修葺过,庙里的和尚搬到南山去了,一个放牛娃几十年来一直住在那里,现在他的身体像摇摇欲坠的房子一样朽坏了。赵少忠常常看见他牵着一头黄牛在镇外的田野上四处转悠。

柳柳已经走到了那片池塘的边上,她的身影远远看上去就像灰蒙蒙的树木一样显得不真实。

“你在看什么?”一个挑着湿漉苇叶的人从他身边擦过。

赵少忠没有搭理他。

晚上,柳柳把满头草屑的赵虎领回赵家大院的时候,一种更大的不祥之感掠过赵少忠的意识深处,赵虎的暴躁和沉默不语加深了他的不安。既然赵虎宁愿栖息在破庙的草堆之中,一定有着难以言说的隐秘,他本来也许可以躲过三天的时光,然后随船北上,现在他无奈之中回到家里,使一切都变得更加尴尬起来。

9

大暑这一天,西乡的一个亲戚差人早早地送来了帖子,赵少忠接过喜帖看了看,大约是什么人要成亲。自从那个病病歪歪的女人死去之后,他和西乡的亲戚终止了来往已有多年。这门亲戚选择大暑这天办喜事,无非是打算借机赚取一些财礼熬过眼下的夏荒。赵少忠陪着这个送喜帖的陌生人在堂屋枯坐了两三个时辰,始终一言不发。年轻人渐渐觉察到了冷漠和无趣,在午后悻悻离开了。翠婶唠唠叨叨地走近他的身边:人家大老远跑来请你,你也该抽空去看看,这些年亲戚一直不大走动,往后就越来越生分了。赵少忠没有搭理她。

院中的葡萄的藤蔓正在疯长,紫色的花朵凋谢之后结出的一串串果实沉甸甸地垂挂在屋檐下。赵少忠搬来了一张梯子,用稻草把垂落的枝蔓绑在藤架上,白色的蝴蝶在他眼前飞来飞去,一只蜷伏在泥巢中的燕子闪动着绿豆般的眼珠不安地看着他,在青青的葡萄散发出的诱人的酸香气息中,他又一次陷入了劳作的无边遐想。这些日子,他每天都要找出一些事来消磨令人难熬的溽暑:修修鸡埘,将那些散佚的诗词抄本用粗线装订好或者远足南山脚下,捡一些松子回来煮茶,无事可做的闲暇常使他手足无措。

黄昏时分,他看见镇上酒坊里的更生一颠一跛地来到了赵家大院,他的背比先前更驼了,衰老的征象从他蹒跚的脚步中一露无遗,祖上传下来的那片酒坊一直生意清淡。一年冬天,他在几个近亲的撮合下与那个从外乡讨饭而来的风骚女人成了亲,那座寒碜的酒店在一夜之间变得兴旺起来,镇上闲散的泥瓦匠油漆工以及外乡来的商人像闻到腥味的苍蝇一般蜂拥而至。那段日子,酒店里夜夜灯火通明。随之而来的便是经久不息的闲言碎语,更生起初不以为意,但是终于有一天,一个酩酊大醉的酒徒从酒杯中品尝出了“女人下体的气味”。这句无意之中说出的醉话顷刻传遍了镇子的各个角落,更生的酒店伴随着女人名声的败坏日渐萧条,到了最近这些年,那座酒坊在子午镇上常常一连几个月无人光顾,他只好将酒坛装上小车运到外乡去卖,每天天不亮的时候,赵少忠都能看见那辆手推车吱吱嘎嘎地碾过石板铺成的子午桥,在旷野之中慢慢走远。

更生在院子中来回走了几圈,显得很不自在,他仿佛有什么事急于诉说,可突然又改变了主意,心事重重地在院子里张望着。赵少忠在葡萄藤架上扎好最后一个草结,从梯子上走下来,更生慢慢地凑到他的跟前。

“你有什么事?”赵少忠说。

“我从外面卖酒回来,看见屋子的门关着……”

赵少忠显然没有明白他话里的意思:“这么热的天,把门关起来干吗?”

“是啊,这么热的天。”更生说,“可我已经看见好几次了。”

“什么?”

“没什么,我是说我每次卖完酒回来都看见门关着。”更生轻声说着。

赵少忠走到鸡埘边的一只水罐边洗手:“也许是外面的空气太热了。”

“赵龙昨晚打完牌没回来过吧?”更生说。

“赵龙?”

“我是说他会不会……”

赵少忠怔了一下,他看见翠婶正站在廊下从筛子里往外拣着稻壳,他注视着更生那张由于急躁和难以启齿而不时颤抖的脸,不知说什么好。

“也许没那回事。”更生说,“不过,你能不能随我去看看,这种事张扬出去……”

赵少忠在鸡埘边犹豫了一阵,跟着更生朝门外走,翠婶在廊下一个劲地朝他使眼色,头摇得像拨浪鼓一样。

酒坊的瓦楞上洒满了灿烂的阳光,门前高大的水杨树上栖息着数不清的知了。它们的知了知了的叫声无休止地延续着,赵少忠走到酒坊前的木栅栏边上,看见那辆小推车停在被踩得发白的草地小径上。大门关得紧紧的,那排房子的拐角处一扇窗户的丝绒帘布拉得严严实实。更生走到那辆推车前停了下来,不安的目光四下里环顾着。

赵少忠穿过门前那畦长着番瓜的菜地,走到路坎边,在门上轻轻地敲了几下,然后转过身来,顺手摘了几片芭蕉叶垫在地上,坐了下来。

屋子里听不到一丝动静,更生又开始烦躁起来,围着那辆推车转来转去。

“我们坐一会儿吧。”赵少忠说,“他们迟早要出来。”

更生讪讪地笑了笑,从腰上取下烟斗,点上火慢慢地吸着。

“赵龙每天晚上都来酒坊打牌。”更生说。

“也不知道他从哪里弄来的钱。”赵少忠像是自言自语。

“他常赊账,”更生压低了声音,“听说有一次付不出钱,赵秀才就把他手上那副镯子取走了。”

“镯子?”

“赵龙说是他婆娘留下来的东西。”

赵少忠愣了半晌,像是想起了一件什么事:“那副手镯是什么颜色的?”

“我也说不清。”更生说，“大概是血红色的吧？”

斜斜地落在草地上的阳光像潮水一般慢慢地退走了，房屋的阴影渐渐和树影连成了一片，赵少忠看见不远处的晒场上，一个挑着畚箕的女人像是被什么东西绊了一下，畚箕里的黄豆洒了一地。女人趴在地上捡着黄豆，眼睛不时朝这边张望。不一会儿，弄堂里又有几个女人走过来帮忙。隔着疏朗的树篱，赵少忠被那几个叽叽喳喳的女人偶尔瞥过的目光弄得心烦意乱。赵少忠觉得那个女人是故意将畚箕弄翻的，那些散落在地上的黄豆正好给她们提供了窥视男女之间隐秘的绝好的借口。赵少忠想象着不久之后出现的难堪，感到一阵阵惶恐。他开始又有些后悔来到这里。更生呆呆地坐在推车的扶柄上，看着树林里一只正在撕咬破布的花猫发愣。

时间过了很久，赵少忠隐约听见屋里传来女人上马桶的哗哗声，然后一双木拖踢踢踏踏地穿过卧房，来到门边。门闩被轻轻地拨开了，女人打着呵欠走了出来。

“原来是赵老爷啊，我迷迷糊糊的像是听到有人敲门。”老板娘笑眯眯地说。

她的被汗水浸透的衣衫粘贴在身体上，躯体的轮廓依稀可辨。赵少忠脸上红一阵白一阵，半晌说不出话来。晒场边几个捡豆子的女人张大了嘴巴远远地看着。

“进屋来喝两盅吧。”女人说。

“不了。”赵少忠看了更生一眼,他的目光躲躲闪闪的,不安地踢着地上的碎石。

赵少忠沿着墨河的柳荫道走出了很远,更生的影子依然矗立在酒坊门外的残阳之中,过了一会儿,他听到了身后的酒坊里传来碗盆被摔碎的声响。

赵少忠回到赵家大院时,堂屋里已经点上了油灯,赵龙正在桌上扒着饭,他的头上落满了泥块和石灰的碎屑,赵少忠正想说什么,翠婶走过来把话岔开了。

“刚才梅梅回来过,”翠婶说,“她约柳柳去西乡姨妈家了。”

“到底还是去了,”赵少忠说,“她们什么时候回来?”

“我也说不准,总要过个两三天吧。”翠婶说。

10

在忽明忽暗的长街上,赵虎跟着自己瘦长的影子慢慢往前走,在寂静的夜晚他第一次感到这样轻松自在,凉爽的风挟带着浓浓的水汽从墨河边的林子里吹过来,他闻到了空气中被焚烧的薄荷叶的清香。

在子午镇蛰居的这个漫长的春夏曾经带给他一连串的不愉快。现在他内心潜藏着的不安在微微的醉意中化为乌有,那条木船在黄昏的时候就修好了，明天一早他就将离开这儿。想象着翌日的夜晚他将躺在凉飕飕的船舷上，在满天的星斗下静静远去……两岸的芦苇中水鸟咕咕地叫着，它们黑色的剪影在水面上交喙……他乡异域的那些漂亮的渔婆晃荡着两肋沉甸甸的乳房在深夜的船上走来走去，那对像是装着果浆的东西仿佛在晚上才具有了某种生命，带给他渴望已久的安宁。

街面上闲坐着几个纳凉的老人，今天是七月十五，他们摇着蒲扇，漫不经心地谈论着那些早已死去的人，说话的声音像是被黑夜吮吸掉了一部分，耳语般的对话听上去显得断断续续的。

街道上半明半暗的事物一如往昔的样子，它宁静的外表正如一个熟睡的女婴。远处田野上的池塘被灯笼的光亮映得橙红，隐隐传来的女人招魂的哭声并没有使赵虎感到不快。在他的印象里，赵家的人一直生活在某种不经意的郁闷之中，父亲的那张枯瘦的脸上镌刻着的焦灼与惶恐，像一块发了霉的朽木。他的眼前又一次浮现出柳柳在那座破庙里找到他时的情景：她站在屋前的碌碡旁，泪水止不住地从她的两腮滚落下来。“柳柳，柳柳……”他从墙角的草垫上站起来，走到她身边拍了拍她的肩膀。柳柳擦了擦泪水：“我听翠婶说有人……”赵虎笑了一下：“我过几天就要走了，一切都会平安无事。”

一切都会平安无事,赵虎想着这句话,跌跌撞撞地走到了猪肉铺子的边上。在一阵刺鼻的香气中,他看见一个年老的女人蹲在沿街的一张木桌边卖花。那些湿漉漉的白色花朵在盛满水的蓝边碗里盛开着。她喉管里发出的喑哑的吆喝声在深巷中回荡着。在舂米房的门口,一个无腿的老头双手撑着地面坐在蒲团上挪到了他的跟前,朝他摊开了双手,赵虎从衣袋里摸出一枚铜板扔给他,铜板在地上叮叮当当地跳了几下,沿着阴沟滚出了很远。

刚才在船上的时候,那个头顶微谢的江北佬告诉他:明天早上鸡叫头遍的时候就开船,你是不是就在船上过一夜?赵虎趁着醉意在船舱的竹席上躺了下来。月亮从东边的树林中升起来的时候,他突然想起前些天柳柳为他打好的一个蓝布包裹还搁在卧房里,他决定回家去取来,何况,临出门之前总得跟父亲说一声。

现在,赵虎已经走到了墨河岸边的柳荫道上,他看见树丛中烧纸化钱的火光闪闪烁烁,墨河两边堆着的高高的草垛在水面上布下伞形的阴影。几个洗衣服的女人从水码头的石阶上走了上来,端着脚盆渐渐走远。赵虎来到离子午桥不远的地方,听到了南山寺庙里传来的钟声,河边的小鸟突然停止了喧闹的鸣叫,仿佛在谛听它沉闷的声响。透过稀疏的树木,赵虎已经看得见赵家大院高大的门楼,山墙上的一扇木栅栏窗户里亮着灯光，翠婶的身影在灶屋里若隐若现。哑巴站在门口的白果树下，正在石槽边喂狗。

赵虎在洒满露水的草丛中走了几步又停了下来，他感到鞋子里有一粒石子硌得他的脚板底有些疼，他踮着脚，脱下鞋子抖了抖，这时，他感到背后有个人在他肩上轻轻地拍了一下。

11

今天是七月十五小鬼节，天刚一擦黑，翠婶就夹着一叠黄纸到河边的树丛中去烧。到处都是化钱的人影，一簇簇火苗照亮了干涸的河道、树木，以及空中飘飞的黄纸的灰烬。那些打着灯笼招魂的人在河边轻轻地呼喊着死者的名字。

翠婶刚刚在一处背风的树根下点着了火，皮匠从身后摇摇晃晃地闪了出来，走到她面前。翠婶不知道他为什么这么晚还在河边晃荡，看上去他好像在不远处的桑林里待了很久。

“你在为谁化钱哪？”

“猴子。”翠婶说，“你在这儿像是等什么人吧？”

“没有。”皮匠说，他晃了晃手里打鸟的弹弓，沿着河堤朝前走了几步，又转过身来。“这两天怎么一直没见柳柳的人影？”

“前天她去西乡姨妈家了。”翠婶说。

她烧完了那堆黄纸,返身朝村里走去。她远远地看见哑巴端着一只破碗走到门外的石槽边喂狗。

堂屋里空空荡荡的,桌上摆着的饭菜已经凉了,看样子赵虎还没有回来。她走进灶屋的时候,听到后院传来赵少忠的咳嗽声。

屋外的黄狗叫起来的时候,翠婶像往常一样正在灶下洗着碗碟。尽管狗的狂吠在宁静的夜晚听上去有些瘆人,翠婶依然没有过于留心,她想也许是过路的人将它惊动了。这些日子,她越来越感到自己身体的每一个部分都变得迟钝了,当她将那摞碗碟放进凉橱的时候,一只椭圆形的瓷盆掉在地上摔得粉碎,她呆呆地看着地上的那堆碎片愣了半晌,像是意识到了什么,转身来到院中。

今天的天气格外凉爽,酷热的夏季眼看就要过去了,院墙外飘进来一团团的雾气使她感到微微的困倦。柳柳去了西乡后,这座大院显得更加冷清。赵龙吃完饭没有再去酒坊打牌,在后院的卧房里早早躺下了。门外的墨河边悄无声息,她看见哑巴站在白果树下正朝远处张望着。那条黄狗在他的身边跳蹿着,她似乎感到今天黄狗的叫声有些特别。

翠婶正准备去墙角把鸡埘的门关上,哑巴慌慌张张地从门外跑进来,他咿咿呀呀地说了几句什么,翠婶被他滑稽的手势弄糊涂了。她看见哑巴在院中没走几步就在地上摔倒了，他的身体在罗纹砖厚厚的苔藓上一直滑到井栏边。翠婶忍不住笑出了声。

翠婶提着一盏罩灯，绕过那排漆黑的回廊朝后院走去。那条黄狗依旧在狺狺地叫着，翠婶走到后院的月亮门前停了下来，她听见房屋四周叮叮咚咚的脚步声把墙基都震得颤动起来。她这时又想起刚才哑巴的神色有些异样，也许他在门外看到了什么事。

“黄狗怎么一直叫个不停？”赵少忠出现在书房的门口，他披着一件单衣，像是在侧耳聆听着外面的动静，赵龙也从窗口探出头来朝这边张望。

“大概是门外有几个过路的人走过。”翠婶说。

“前屋的门关好了没？”赵少忠说。

“没有。”翠婶说，“给赵虎留着呢。”

“赵虎怎么还不回来？”

翠婶走进自己的卧房的时候，看见赵少忠仍然站在那儿发愣。她坐在床上做了一会儿针线，渐渐感到了浓浓的倦意，狗的叫声终于平息下来，四周恢复了宁静，在油灯扑闪的光亮中，她靠在墙上沉沉睡去。

后半夜，她隐约听到院子里有人轻轻走过，门扉被拨开的声音中夹杂着一两声咳嗽，那些细微的声响有好几次差不多惊醒了她，但是她的眼睛像是被胶汁粘住了，怎么也睁不开。

12

七月十五日夜里，赵少忠早早地在床上躺下了，黄狗的叫声起初并没有引起他的注意，使他感到警觉的是前院渐渐飘移过来的那团灯光，他透过窗户，看见翠婶提着罩灯一边朝后院走，一边朝身后看，哑巴双手粘满苔泥跟了过来，他似乎听到屋子外面有人在跑，也许是孩子在捉迷藏，他想。

今天晚上的月色特别好，银盆似的月亮高高地挂在远处黑压压的树梢上，湛蓝色的天空没有一丝云彩。在渐深的夜幕中，赵少忠披着单衣在书房的门边站立了很久，剪光了枝叶的树木中不时飞出几只斑鸠，它们黑色的翅影在院中的草地上疾速滑过，那条黄狗摇着尾巴，窜到他跟前呜呜地叫着，舔着他的裤脚，不一会儿它就屈下前腿在他身边蜷成一团。

院子里的雾气越下越大，两侧的阁楼的轮廓显得影影绰绰的，哑巴在后院神不守舍地转了几圈，不知什么时候走开了。赵少忠的眼前又呈现出当年他打着哑语在村中四处探听那个戏班子下落时的情景，这个本分的外乡人在赵家大院待了几十年，赵少忠几乎从来没有意识到他的存在。

现在，四周恢复了原先的宁静，他发现翠婶的卧房里依旧亮着灯光。他走到窗台下,看见翠婶靠在墙上睡得正熟,套着顶针的手指不住地抽搐着,这段日子忙着莳秧,她也许太累了,赵少忠看着她平常走路时蹒跚的脚步,简直有些想不清她年轻时的样子。

他走回到书房里的时候,屋外的巷子里响起了敲更的声音,他躺在床上怎么也睡不着,他总是觉察到寂静的空气中蕴藏着什么。在心头袭过的一阵阵郁闷中,他从桌上抽出一本旧书,刚刚翻了几页,就听到院外有人在敲门。大概是赵虎回来了,他想。他趿着木拖走到廊下,又感到声音有些不对劲。轻轻的敲门声听上去更像是一个女人纤弱的手指在门扉上弹出的,如果不是一声接着一声持续不断,他也许压根就不会听到。他小心翼翼地拨开木栅栏钉成的院门,一个黑影像一棵被拉倒的树木一样朝他扑过来,赵少忠一闪身,它便重重地摔倒在门槛上。

在清晰的月光下,赵少忠看见几个人的背影大模大样地拨开竹林的枝条,消失在远处的黑暗之中。在竹根下露出的一截裤腿一闪即逝,但它的影子却在赵少忠的视线中停留了很久。竹林里一阵喧响,随后就平静下来。

他像是明白了眼前发生的事,这些事仿佛某种命定的神祇的幻影,自从他懂事的那会儿起就一直跟随着他。他的腿迈过门槛,朝外面的竹林边走了几步,双腿像灌了铅似的再也挪不动了。他眼睁睁地看着那些人在竹林里走远,惊起扑棱棱的麻雀,像水从指缝中慢慢流尽。

赵少忠衰竭的心跳得很慢,像是马上就要停下来。他静静地在竹林边伫立了一会儿,竹枝摇落的露珠慢慢使他苏醒过来。赵虎的尸体横卧在门边,他平常高大的身影此刻显得有些瘦弱,他的头歪在门槛的一侧,嘴里淤积的鲜血看上去像一个幽深的黑洞。赵少忠朝尸体走过去,挨着墙根坐了下来,一股血流在草丛中蜿蜒淌过他的脚边,他的耳边回荡着空空洞洞的哗哗的水声,他似乎永远也无法习惯死亡。“死神离人只有咫尺之遥,你一伸手就可以摸到它的胡子。”他想起父亲赵景轩临终前说过的一句话,身体难以自持地颤抖起来。说不清从哪天开始,他就预感到了眼前发生的一切,灾祸就像夏季在远方的地平线上积聚的雨阵,注定要向地面倾泻下来。

在泥土和青草的气息中,四周飘荡着浓浓的血腥气,赵虎的身体一动不动地趴在那儿,像是变成了另外一个人。墨河里传来船只经过时发出的桨声,它使赵少忠想起了停泊在运河边的那条去江北的大船。在吸完了三四锅旱烟之后,赵少忠扶着院墙站了起来。他蹑手蹑脚地跨过那具尸体,好像担心弄出什么声音会把它惊醒,他沿着那条洒满月光的长廊朝前走了几步,看见院墙的一角放着一只盛着谷糠的篾箩,箩上盖着一匹麻布,他像是早就想好了将要去做的一切,走到墙角，把那匹麻布掀开，回旋的风把谷糠吹得纷纷扬扬。他捏着那块长长的布走到了门边，将它盖在了赵虎的身上，他俯下身体吃力地把那具尸体翻了过来。

他的粘满血块的手突然碰到了一个硬邦邦的东西上，那是一把尖刀的刀柄。尖刀在赵虎的心窝上刺得那样深，浑圆的刀柄在浆得挺硬的土布上衣中只露出短短的一截。赵虎的两只眼珠睁得很大，仿佛依旧在辨认突然出现在他面前的敌手。

赵少忠的眼前浮现出镇子上他所熟识的那些人的面孔，那些人全都带着敌意的目光看着他，他想起那几张在火盆中化为灰烬的宣纸，感到意识的中心被往昔早已逝去的那些大火中的阴影所占据，他尽力在意念中摒除那些围绕着他翩然飞动的蝙蝠，不知不觉中，汗水将他的衣服浸得透湿。

经过一阵忙乱之后，他终于用麻布将赵虎的尸体捆得严严实实。麻布的缝隙中露出的一撮头发被风吹得像倒翻的鸡毛。他倚在门框上微微喘息了一阵，环顾了一下四周。院子里没有一丝声响，他现在感到有些恐惧，慌乱之中他感到好像是自己亲手将赵虎杀死的一样。他的脑中塞满了烂棉絮和稻草之类的东西，当他拽住裹着尸体的麻布上的一个绳结把它拖进竹林时，他始终不明白自己为什么要这样做。

竹林的深处紧靠桑园的地方有一个被雨水冲刷而成的斜

坡,赵少忠将尸体搁在斜坡上,回到院中找来了一把铁锹,开始在土坡上挖坑。

他的头发被露水打得湿漉漉的,月亮已经微微西斜,桑林的枝叶在风中磨蹭着,发出沙沙的响声。随着那个四方的坑穴的轮廓在斜坡上渐渐呈现出来,赵少忠慢慢恢复了原先的宁静。那个坑穴足足挖了有四五尺深,他将尸体翻下去的时候,听到一声沉闷的回响。

赵少忠掩上泥土,然后用脚将它踩平,那个斜坡很快恢复了原状。那些红土像沙粒一样干燥,斜坡上简直看不出被挖过的痕迹。

赵少忠拖着那把铁锹拨开竹林回到了院子里。他看见那条黄狗在门槛边舔着地上的血迹。借着冷冷的月光,赵少忠用铁锹将地上的草皮铲尽,这时,他看见不远处的地上有一个黑乎乎的东西,他走到近前才看清那是一只鞋子,它一定是赵虎留下的。赵少忠拎起那只鞋子看了看:残破的鞋面露出白白的衬里,鞋帮上的血迹已经被晾干了。他顺手将鞋子扔进竹林边的一处废弃的粪坑里。赵少忠掸了掸身上的土屑,然后将那道木栅栏门轻轻地关上,朝院中的井台走去。

天已经快亮了,东边的天空泛出猩红的彤云的沉渣,赵少忠准备吊起一桶水将手洗一洗,铅桶撞在井壁上发出的声响使他不寒而栗。他在洗手的时候突然觉得身后有一片亮光消失了，他回过头，翠婶的卧房在黎明前显得黑洞洞的，也许是那盏罩灯的油耗尽了。

赵少忠回到书房的床边刚刚坐下，村里的公鸡就开始打鸣了。

13

“我昨天一个晚上都迷迷糊糊的。”翠婶说，“屋外好像有什么声音。”

她坐在月亮门边的廊下纳着鞋底，手上的针不时地划过花白的头发。

“什么声音？”赵龙说。

“好像是院门被人拨开了——”

“你没在做梦吧？”

“我靠墙睡了一夜，天亮的时候我看见那盏灯的灯油都烧尽了。”翠婶唠叨着。

“我昨晚也睡得不踏实，黎明的时候醒过来一回。”

“赵虎是什么时候回来的？”

“不知道，这会儿他大概已经在运河上了。”赵龙说。

“他总是让人提心吊胆的。”翠婶说，“我总感到他会出什么事。”

“你都变得跟柳柳一样胆小了,整天瞎操心。”赵龙瞟了她一眼。

“这些天老是有人来找他,昨天王胡子来转了半天也不知道有什么事。”

“大概是生意上的事吧。”赵龙说。

空气渐渐变得燥热起来,太阳光已经爬到了翠婶的身上,她挪了挪椅子。院子里静静的,几只雏鸡在井台边啄食,那条黄狗眯缝着双眼趴在木栅栏门边。

“你父亲这么晚了怎么还没起来?”过了一会儿,翠婶又说。

“前些天他大概累着了。”

“他从来没有这样晚起过。”翠婶说,“太阳已经升上屋顶了。”

赵龙坐在一株盛开着木槿花的瓦盆边,手里捏着两枚瓷片,显得有些心不在焉。他朝父亲的卧室看了一眼,在一阵阵咳嗽声中,窗户上的帘布在风中颤动着。

柳柳从西乡回来的时候,已经是晌午了。她和梅梅一前一后来到后院,赵龙注意到她们的裤腿上粘满了草叶和臭椿花籽。梅梅看上去显出很累的样子,叹了一口气,在廊下的那片护栏石上坐了下来。

“怎么今天就回来了?”翠婶说。她将白线绕在鞋底上,从竹椅上站了起来。

“柳柳在那儿待不住。”梅梅说，“她总觉得家里有什么事放心不下，今天天不亮就把我拽回来了。”

柳柳笑了一下：“西乡的亲戚很久没有走动，大家都生疏了——”

“她老是惦记着赵虎。”梅梅说，“我们抄小路往回赶，到渡口的时候还是迟了，岸边连船的影子都没有。”

“这会儿，他们大概已经走远了。”翠婶说。

“父亲呢？”柳柳说。

“在屋里躺着呢。”翠婶轻声说道。

“这么晚了他怎么还没起床，没准是病了吧？”梅梅说。

“这些天潮湿得很，恐怕伤了风。”翠婶说，“我去给他熬碗姜汤吧。”

翠婶朝灶屋走的时候，梅梅也跟去了，院子里只留下了赵龙和柳柳两个人。月亮门的木栅栏边上搁着一把铁锨，成群的苍蝇吸粘在上面，像一个黑球在蠕动。

“那把铁锨上怎么歇了那么多苍蝇？”柳柳说。

“昨天翠婶也许用它掸过粪便什么的。”赵龙不假思索地说了一句。

午后，赵少忠依然没有起床，柳柳蹲在井台边洗着衣服，高挽的袖子下露出一截白皙的手臂。赵龙坐在离她很近的地方,他能够看得清她的皮肤下蓝色的血管。那个跟运蚕茧壳的年轻人一去不返的女人像墙上斑驳的花影一样不真实,他的视线之中只留下了墨河上远去的帆影,被太阳晒得发白的河水。柳柳的身影总是和她重叠在一起,有时他恍惚感到那个女人并没有离开他,每当他和柳柳挨得很近的时候,他就会有这样的感觉。她光光的手臂上坠满了荆树叶挤出的泡沫,在阳光下闪着紫色的光亮。他又一次想起了那副镯子,它常常在梦中发出风铃一般叮叮当当的声响。

那天清晨在更生的酒坊里,赵立本将他带到屋角的一个蒸发着热气的炉子边上,赵秀才从炉膛里拨出一枚烧得通红的煤块,煤块在潮湿的地上冒着青烟嗤嗤作响。赵立本笑了一下:“你欠我的钱恐怕下辈子也还不清了,你要是把这块煤吞下去,我们的账就算了。”王胡子在一边笑得鼻涕都呛了出来。

“你也枉做了一世的秀才。”老板娘将一只手搭在赵立本的肩上,“没必要把人逼成这样。”

“秀才?”赵立本看了她一眼,将那只手轻轻拂开,“难道你想把酒店卖了替他还债不成?”

“他大概喝醉了。”老板娘说,她脸上的笑容陡然消退了。

“把这块煤吃了吧这块不行已经冷掉了我得用火钳重新夹出一块你还是吃了吧要不然……”赵秀才捋了捋袖子,露出那副鸡血色的镯子，他抬起手腕放在鼻子底下嗅了嗅。“我每天晚上都套着它睡觉……柳柳……哈……睡觉……”

“他一定是喝醉了……”老板娘说。

王胡子伏在桌上笑得将腰弓起来，赵龙觉得他像是从来没有这样开心过。

“今天哑巴看上去也有些不对劲。”柳柳说，“他老是缠着我说个不停。”

“天知道他想说什么。”赵龙懒懒地靠在廊柱上，像是还没有从无边的遐思中缓过神来。

“他昨天晚上就是这副样子。”翠婶不知什么时候来到了后院，“我看见他在庭院的青苔上滑了一跤，没准摔糊涂了。”

柳柳笑了一下，又皱紧了眉头：“赵虎早上是什么时候走的？”

“我也不清楚，早上我睡过了头。”翠婶说。

“我给他打好的一个蓝布包裹他也忘了带了。”

“也许他昨晚压根就没有回来过。”赵龙说。

“昨天晚上月亮真好，只是那条狗一直叫个不停……”翠婶说完，轻身走进了那间堆放柴火的侧屋。

柳柳在晾衣绳边拎着一件衣服，呆呆地愣了半晌。后屋里传来赵少忠连续不断的咳嗽声。

傍晚的时候，赵少忠发起了高烧，床前的地板上落满了痰迹,几只蚊子和飞蛾围着罩灯扑扑地飞着。有好几次,赵少忠的喉管里发出一连串浑浊的胡话,翠婶慌慌忙忙地准备去叫郎中的时候,赵少忠突然醒了过来,叫住了她:“没什么事,我大概染上了风寒。”赵少忠睁着暗淡的双目扫过床前每个人的脸,最后落在赵龙的身上。他的神情看上去像是在竭力回忆着一件往事。那天午后,赵龙在酒坊的那间阴暗的屋子里被一阵敲门声惊醒了,他精光赤条地从床上跳起来,掀开窗帘的一角,看见父亲坐在门外的墙边,更生一只脚踏在独轮车上慢慢地吸着烟。远处的树林边的晒场上,有几个戴头巾的女人蹲在地上捡着豆子,不时地朝这边张望。女人光溜溜的背脊伏在窗台上朝外望了好一阵,然后转过身来,朝他招了招手,赵龙拎着那双烂布鞋赤着脚走过酒店湿漉漉的客厅,跟着女人来到一间堆放着杂物的小屋里,女人吃力地搬开靠墙的那排木桶,开始一块块卸下墙上的砖块。他依稀听见门外父亲和更生正在小声地说着什么。不一会儿,他便看见屋外一缕残阳的光线射了进来,石灰屑在风中飞舞着,他从那个洞穴中爬到屋外,那是一块种着马齿苋的用芦柴围成的园子,女人朝他笑了一下,又将砖块重新码好。他在那片园子里站了好一阵,一直等到女人拨开门闩将门打开的声音传来,他才跨过那道篱笆朝家中走去。现在,他看着父亲那张枯槁的脸,一次次地想象着他的父亲在将来的一天被装进松木棺材,在花圈的簇拥下走向墓地的情景，一股巨大的恐惧与快乐的暗流在他内心交汇在一起。

这个荒芜的大宅好像从来都不适合他居住，它就像一艘即将沉没的船只，他总是渴望远离它，或者希望有一天它在地上消失。这种近乎怪诞的感觉连他自己也无法说清。

14

高秋过后，天空陡然间变得净朗起来，墨河的水位消退之后，腾出的大片芦苇中栖息着成群的白鹭，它们似乎从遥远的北方飞临这里歇脚，几天之后它们撇下一层厚厚的鸟粪和雪白的羽毛悄无声息地离开了。

眼下正是收获棉花和番薯的季节，墨河两岸的稻谷也已泛出铁锈般的黄色，成熟的植物的香气弥漫在空气里，柳柳站在河的对岸的番薯地里，看着装满红薯的推车从子午桥上碾过，在蜻蜓飞舞的翅影中想着满腹的心事。刚才，她用二齿锄在地里刨了半天，只挖出了一些胡萝卜般大小的地薯，她记得春天将番薯秧栽下后，从来没有人来壅过土，板结的土地变得像铁一样硬。柳柳最担心的还是那些谷子，它远远看上去像杂草一般蓬乱，芦柴籽般的谷穗在风中摇曳着。

春荒的阴影一直隐伏在她的内心深处。她的眼前浮现出那些吃着草根和树皮的乞讨的人群,他们衣衫褴褛地散落在大雪初霁的田野上,乌鸦的叫声追赶着他们四处流荡的踪迹……

在她的印象中,父亲似乎已经把地里的那些庄稼忘记了,在许多天前染上的风寒痊愈之后,他像是完全变成了另外一个人。他的身体更加瘦削了,像被蛆虫镂空的花生壳,整天枯坐在庭院中的一只竹椅上,从渐近的黎明到暮色四合的黄昏,甚至很少改变他坐着的姿势。他的头发好久没有剃过了,衰草般的胡茬中时常坠着一些酒星和米粒,他原先素净的外表渐入颓境,他浑浊的目光躲躲闪闪的,仿佛担心他内心掩盖着的心事被别人看破,他的话比先前更少。柳柳几乎从来不敢正视他那张冷漠的脸颊。有一次,院中的一只盛满油漆的铅皮桶不知怎么翻倒在地上,猩红的油漆从桶口慢慢地流在地上,赵少忠在漆桶上绊了一下,竟没有想到将它扶起来。

这些天,那条黄狗一到晚上便叫个不停,翠婶说它是在叫性。“除非找一条公狗来和它做伴,否则,它会一直叫到冬天。”它常常在大院的各个角落到处乱窜,有时从床下叼出一只破袜子,有时衔出一片旧渔网,自从有一天它不知从什么地方衔回来一只破鞋之后,赵少忠就决定用皮项圈套住它的脖子,将它绑在后院的一个廊柱上。那条黄狗在晚上一听到外面的动静,便照例狂吠不止。它的尖利的爪子扒动着墙上的砖块和廊柱,发出刺耳的声音。

在那几只山羊在炎热的夏季被宰杀之后,羊圈一直空着,它与用人卧房之间有一道狭窄的通道,长满蒿莱的通道尽头,露出一扇槐杨木做成的门,上面的一只铜锁已经锈迹斑斑。十几年以来,柳柳从来没有见人将它打开过。两边的墙壁上钉满了十字形铆钉,低矮的瓦楞上铅灰色的千针草像流苏一样从屋檐上垂挂下来。那条草木掩蔽的通道似乎包藏着一些不为人知的秘密。在柳柳的记忆中,那间屋子一直阴森森的,她不止一次听见赵虎向父亲打听那个屋子的细节,赵少忠的回答总是漫不经心。这天,赵少忠终于将通道口的那些腐烂的树木和杂物搬走了,他取来一把鎯头将铜锁敲开,这些日子他的古怪的举止常令人难以捉摸。

柳柳跟在翠婶的后面走进了那间屋子,一股腐沤的臭气扑鼻而来,那是一间四面不透风的斗室,屋里漆黑一团什么也看不清。借着油灯的光亮,她看见地上麇集的蟑螂和百足虫像被捣烂的蜂窝里的蜂群四散而走,留下一堆谷壳和灰色的鼠屎。

墙上霉黑的石灰已经剥落了,靠墙放着一张木床,掀开的被褥上依稀可以看出原先的花纹,床架上积满了尘土,枕头的凹坑陷得很深:人的身体躺过的痕迹保留得完好无损,仿佛那个人只是刚刚从床上离开。床边有一张书桌,上面搁着的砚台的墨迹已经风干了,砚台边的那只细细的毛笔的饰带已经褪成紫灰色,到处都是油虫爬过的黏乎乎的苔迹。

面对着这间四面不透风的房间,柳柳有一种恍若隔世的感觉。原先住在这间斗室里的那个人早在她出世之前就已逝去,她竭力搜寻着他的面容,有时她觉得这个人就是父亲。

柳柳和翠婶花了足足三天时间才把这间屋子弄干净,在以后的一段很长的日子里,那股令人作呕的臭气一直缠绕着她。

她不知道父亲为何突然决定搬到这间见不到阳光的房子里去住。"他看上去简直像着了魔一样。"一天,赵龙小声地对她说。翠婶长长地叹息了一声:"他大概害怕听到屋外的声音,他已经老了。"

15

这天,村里花圈店的钱老板在晌午的时候来到了赵家大院,柳柳正在阁楼上的一根竹竿上晾着绒线,越过堂屋的屋脊,她看见他和父亲坐在前院的忍冬花藤旁,像是在商量着一些难以启齿的事。

柳柳已经很长时间没有见过他了。他穿着一件对襟的青布褂子,手里拨弄着一根枯枝,不断重复着刚才说过的那句话，他的花圈店斜对着赵家大院的侧门，柳柳每次走过后街，总能看见一些穿着孝服的人在挑选花圈，在那间木板搭成的阴暗的阁栅下，几个年老的人用剪刀小心翼翼地剪着花纸。每逢天空刮起东风，花圈店里奇特的香味便会飘进院子里来，这个常年鳏居的老人性情温和，脸上一直挂满了笑容，尽管那间充满晦气的店铺终年散发着死人的气息，村里的人们还是乐于和他交往。

赵少忠坐在碌碡上静静地吸着烟，眉头皱得紧紧的。在他身后，翠婶正把那些红薯用稻草扎住吊在屋檐下，到了寒霜降临的时节，这些带着泥巴的红薯就会变得像蜜一样甜。

“这件事，前些日子三老倌已经跟我提起过了。”赵少忠说。

“我看你也用不着这么固执……”

“那块地自从那次大火以后，我一直没空去弄它。”

“几十年来它一直荒着，说不定砖缝中已经藏满了赤练蛇。”

赵少忠没有吱声。

“我看你还是把它卖了吧。”钱老板说，“三老倌这个人你又不是信不过。”

“我不是信不过，只是……”

“何况赵虎……”

“什么?”赵少忠一愣。

“我是说赵虎常年在外做生意,那块地你一时半会儿也派不上用场。”

“过几天再说吧。”赵少忠沉吟了半晌,说道。

钱老板哈哈一笑:“我与三老倌也说不上什么交情,他只是让我托个话给你,卖不卖还得由你拿主意。”

钱老板说完,站起身来往外走,柳柳看见门外河边开阔的田野上,哑巴挑着一担棉花正远远地走过来,斑斓的云层在他身后山峦的顶部堆积得很厚。

第五章

1

直到现在，柳柳也弄不清昨夜为什么会到更生的那爿酒坊里去。赵龙已经有好几个晚上没有回来了，有一天，她从一个扶乩占卦的老人口中得知赵龙前些天被人在河边的一间草棚里吊打了一个晚上，好像是欠了人家很多钱。

柳柳神差鬼使地走进了那间烟雾缭绕的屋子。在昏暗的灯光下，几个外乡来的手艺人正在墙角喝酒，老板娘双手托着两腮伏在柜台上打盹，闪烁的炉火在她身后的墙上投下一道长长的光柱。

“你是来找赵龙的吧？”更生跛着腿，拎着两只酒瓶从她身边擦过。

柳柳看见很多陌生的眼光投向她。她转过身正准备朝外走,那个涂着厚厚脂粉的女人睡眼惺忪地朝她走了过来。

“你在这儿等一会儿吧。”老板娘说,“没准过一阵客人散了,他会过来打牌。”

柳柳跟着她走到靠窗的一张方桌前坐了下来。女人给她斟了一杯酒。柳柳看着面前杯中浮动的酒汁的光影,显得有些不知所措。

“喝吧,妹子。”老板娘说,“这是甜酒。”

柳柳将杯子端起来,立刻感到有些后悔。

猜拳的声音突然停了下来,她知道背后很多人都在静静地打量着她。在飘荡的酒香中,她第一次有了喝酒的渴望。

她仿佛做梦似的低头在杯沿上抿了一口,抬起头看了看对面的那个女人,接着又喝了第二口。嘴里残留的酒气使她感到一阵恐慌。她不安地回头瞥了一眼。

不知什么时候,赵立本和王胡子一前一后朝这边走了过来,客人渐渐散去了,更生的身影在那些桌子之间晃来晃去。

他们在桌边坐了下来,赵立本一声不吭地抓过酒瓶将柳柳的杯子斟满。

柳柳注意到他手上戴着的那副鸡血色的镯子在袖口发出轻微的碰撞。

“你是不是觉得有些奇怪?”赵立本说。

“什么?”

“我手上的这副镯子。”

柳柳没有吱声。

“听赵龙说它是你的私藏。”赵立本笑了一下，“我玩几天过些日子就还给他。”

他的嗓音听上去像是耳语一般柔和。

柳柳的眼前闪现出许多年前父亲在深夜的灯下将那副裹着绒布的手镯交给她的情景，耳根一阵燥热。

“赵龙欠了你多少钱？”过了一会儿，柳柳轻声问道。

“我也记不清了。”赵立本说，“不过，他也许根本用不着还那笔钱。”

柳柳感觉到有些晕眩，赵立本的膝盖在桌下紧紧地挨着她，她挪动了一下脚窝，那条腿又一次靠了上来。

柳柳坐着没有动，她觉得血液在她两腿之间流得很快。

2

在悄然来临的秋季，一切都依然如故，安闲的日子一天接着一天。院中那排鸡冠花已经开败了，一群白鸡在墙根下啄食着那些绛红色的花瓣，高大的白果树萎黄的叶子时常被风吹到院子里来。

柳柳坐在疏朗的葡萄藤架下，温和的阳光洒遍了院子的大半个角落。一连好几天,在凉爽的秋夜中,她睡得很安稳,没有任何事惊扰她,她曾经一度排解不开的焦虑随着夏季蛙鸣的消失渐渐沉入记忆的河床底层。

门外墨河边聚满了人群。那儿原先是一处断墙残壁,里面密密匝匝长满了苦艾草和臭椿,她时常看见数不清的白蝴蝶在草丛中飞舞着。她隐隐约约地听人描述过这片瓦砾之地往昔的样子,所有的老人都说那些房屋的倒塌源于一场罕见的大火,但是当柳柳试图追问那场火灾的种种枝节时,老人们的回答总是显得模棱两可,欲言又止。

早在几天之前,村里的三老倌领着一帮人将那些烂椽搬开了,残墙上卸下的碎砖在河边堆得像小山包似的,杂草除尽后腾出的大片焦黑的泥土在阳光下显得很不真实。

现在,一个泥瓦匠用石灰粉在地上打着白线,在他身后,柳柳看见父亲拄着拐棍站在河畔的桥栏边。这些天柳柳时常看见他孤零零地站在那儿,一待就是好几个时辰,除了三老倌偶尔在他身边经过时说上几句话,几乎没有人搭理他。

三老倌已经很久没有来过赵家大院了。她只是偶尔在街上碰到他,他高大而衰老的身影总是突然出现在她的身后。随着年龄的增长,柳柳感到自己在儿时就培植起来的对他的恐惧渐渐变成了一种莫名其妙的心慌意乱。村里的人们时常在私下议论着那些在街上四处晃荡的年轻人,作为三老倌的私生子,这伙青年总是被那些富有想象力的女人描述成一个个风雨交加的夜晚的产物。

赵少忠在河边静静地吸着烟,看着那些露出地面的墙基一寸寸地升高,他的神情像是在新砌的砖墙中辨别着什么,又像是聆听着桥下汩汩流淌的河水,他的瘦弱的身影宛如一棵枯树。柳柳凝视他身后蔚蓝色的苍穹下一望无际的晚稻田,想起了一件前些天的事情。

那天傍晚,柳柳拎着一篮鸡蛋到村后的鸡房里去孵,经过药店的时候,一个伙计叫住了她。这个看上去朴实憨厚的年轻人神色慌张地告诉柳柳,她的父亲有一天从这买了一大包砒霜回家。

“我简直想不出他买那种东西派什么用场。”伙计说。

一个正在柜台边抓药的女人漫不经心地说了一句:“也许用它来作药引什么的。”

“药引?”伙计笑了起来,“谁见过用砒霜做药引的? 那些砒霜足足可以毒死一头黄牛。”

柳柳当天晚上就把这事告诉了翠婶,翠婶的脸色陡然间阴沉下来。第二天,她趁赵少忠外出的时候,找遍了大院的每一个角落,还是没有找到那些药。

“那些药是用什么颜色的纸包的?”翠婶怅然若失地问她。

“不知道。”柳柳说,“也许是一般的羊皮纸吧。”

“天知道他将药藏哪儿了。”翠婶说。

“他买砒霜做什么?”

“谁知道,没准……前些天江北有人回来,你听到赵虎的信儿没有?”

“没有。”柳柳说。

“我总觉得这些日子过得有些蹊跷。”翠婶说,“这些天哑巴整天唠唠叨叨,没人听得懂他的话,他的神情真让人担心,但愿不要出什么事才好。”

柳柳在院中做着针线,她看见河边的树丛里有几辆装着木料和砖瓦的平板车吱吱嘎嘎地走远了,在嘈杂的人声中夹着瓦刀在墙上敲击发出的声响,在晌午的阳光下,她看见皮匠歪歪斜斜地朝这儿走了过来。

“你这双鞋是为我做的吧?”皮匠凑到了她的跟前。

柳柳没有说话。

“我已经好久没有穿过新布鞋了。”皮匠说着,抬起一只粘满泥巴的脚在她面前晃了晃。

翠婶笑呵呵地从后院走了过来:“这双鞋是给我做的,这么小的鞋你的脚怕是伸不进去。”

“再小的鞋我也能穿进去。”皮匠说。

柳柳像是嗅出了他话里另外的气味,脸涨得通红,心房怦怦乱跳起来。

3

很早的时候，赵少忠就在梦中醒了过来。他梦见那些羊粪豆像红枣一样噼噼啪啪掉在他身上，压得他喘不过气来。

屋子里黑洞洞的，他起身点亮了那盏油灯，在像涟漪一般慢慢扩散开来的光影中，他依稀看见四周新刷上石灰的墙上印着的爬虫和蟑螂留下的爪迹。每天晚上他都能嗅到那种奇异的气味，它是溃烂的老人肌肤的气息，其中混杂着墨汁的香气。祖父萎缩的身影在许许多多个午后的背景中又一次浮现在他的面前。写满蝌蚪般文字的宣纸在他的记忆深处拂动着。有时，他总觉得那个孤傲的老人并没有随着那场秋后的暴雨离开这里，他的影子一直紧紧尾随了他几十年。此刻，赵少忠感到和他挨得很近。他仿佛一伸手就可以摸到老人那只被岁月削尖的下巴，他那枯枝般突出的骨节，正如他抚摸自己的肌肤——粗糙的皮屑像谷糠一般纷纷脱落。

床边的橱桌上搁着一面铜镜，他注视着镜中苍老的面容，它像一具骷髅和散乱记忆中的某一个时刻连接在一起，它有时变成了另外一个人，或者它仅仅是那个逝去老人投下的一团模糊不清的光，有如远去的雷电发出的一阵空空荡荡的回响。

河边沉闷的打夯声不时传过来,他感到了床板轻微的震动,隔壁的羊圈里阒寂无声,山羊的叫声一直缠绕着他,许多年前那个充满薄荷叶酸涩清香的初夏此刻变得非常遥远。当他竭力回顾这些往事的时候,他发觉它总是和梦境中的事物掺合在一起。他辨别着那些飘忽不定岁月的影子,就像从一堆白芝麻中拣出沙粒一样感到无所适从。赵少忠隐隐地感觉到,能够把往事与梦境区分开来的不是存积于记忆深处的一棵树木、一束阳光,或者某种萦绕不散的气味,而是山羊的叫声。

那个和往常一样的午后,他来到山后的黄麻地里,那只山羊蜷伏在树林中反刍,熟透的桑葚在桑林的黄土中腐烂,妇女采桑时叽叽喳喳的说话声穿林打叶,从远处一阵阵传过来,他牵着山羊往回走的时候,看见那个女人背着竹篓远远地跟在他的身后。

赵少忠将细绳绕在羊圈靠墙的一根木桩上,正准备往外走,那个背着竹篓的女人堵住了羊圈的门洞,她身后强烈的光线刺得他睁不开眼睛。

女人将竹篓里的桑叶抖在地上,转过身看了他一眼。

“我的眼睛里像是钻进了一粒沙子。”女人说。

赵少忠没有说话,他看见女人的眼角有一颗亮晶晶的泪珠从脸颊上滚过,她靠在墙上,从发丛中取下一枚黑色的发夹递给他,闭上了双眼,等待着他走近。赵少忠怔了一下,朝门外看了看,走到她的跟前。

女人嘴里吐出的热气喷在他的脸上,他看见女人的腮边残剩着桑葚留下的紫色的水痕,她微微翘起的双唇像一只吸饱了水汁的樱桃。在桑叶的气息中,他啜吮着她身上散发的松脂般的香气,感到一阵阵晕眩。他的手剧烈地颤抖着,她翻起的眼皮不时从他手指中滑落。

“我把你弄疼了吧。”赵少忠说。

“没有。”女人说,“你想怎么弄就怎么弄。”

她的泪水又一次涌了出来。

女人的身体哆嗦着倚在墙上慢慢地朝下移动。洒满阳光的门洞外空空落落的,回廊下一只筑巢的燕子拨拉下一些草屑和泥块。风将羊圈门吹得嘎嘎直响。女人瘫坐在墙根,用脚轻轻地踢了一下门,它慢慢转动了几下,遮住了屋外的阳光。

在黑暗中,他几乎看不清她的脸,女人的手指像水一般梳洗着他的手背,把他引入一个更为隐秘的处所。在羊圈里飘浮的膻腥气中,他拼命地抑制住自己想咳嗽的欲望,女人喃喃地对他诉说了好一阵,他一句也没有听进去。不一会儿,他就听到了女人粗重的喘息声。墙上的泥块扑扑簌簌掉在她的头上。

那只山羊在羊圈里来回蹦跶着,它侧斜着长长的犄角不时地从身后撞击着他,赵少忠感到后腰麻酥酥的。女人撇得很开的两腿上粘满了羊毛。

赵少忠从羊圈里出来的时候,看见赵龙拖着两条草龙从屋外走了进来,他的目光无意间朝这边瞥了一眼,朝前院走去,赵少忠看着他的背影在阳光中走远,感到他的目光依旧在盯着自己。

赵少忠靠在床架上抽着烟锅,反复地回想着刚才的那个梦,在那个苦雨凄风的夜晚,一夜骤雨不停地敲打着书房外的山墙,山羊咩咩的叫声像婴孩的啼哭一般若隐若现,他站在院中东厢房的屋檐下聆听着那种奇异的声响,雨水把他的衣服浇得透湿。在雨点砸在番瓜叶上的声音中,他听见一阵脚步声在泥泞中朝这边走过来,一团亮光远远地掠过灰蒙蒙的天空,不一会儿,赵龙提着马灯走到了院子里。

“你怎么这么晚还没睡?”赵龙说。

“我像是听到这边有什么声音,过来看看。”赵少忠说。

陡然间一阵大风掀开了黑压压的屋顶,瓦片在空中飞舞着,像无数的蝗虫从稻田中飞过,又像是成群的蝙蝠绕着焦黑的残椽盘旋,在地面布下游移不定的翅影。他感到羊粪豆雨点般地砸在他的身上,在马灯熹微的光亮中,他看见一个女人洁白的胴体在倒塌的房屋中一闪即逝。

赵少忠吹灭了油灯，拄着拐棍走到了屋外。天已经快亮了，那尾下弦月挂在秃枝的梢头，泛着清冷的光，那条黄狗刨动着前爪，扒拉着木栅栏院门，呜呜地叫着。院外大片的竹林在风中沙沙作响，赵少忠不敢朝那边看，他沿着那条灰暗的长廊朝前走了几步，在那处冰凉的护栏石上坐了下来。

对面那排阁楼的倒影静伏在月光中一动不动。翠婶看样子已经起来了，屋顶瓦楞上一股淡淡的炊烟渐渐散开，他听到柴火在灶膛里燃烧发出清脆的爆裂声。

柳柳这些天像是睡得很安稳，每天太阳升到院墙顶上，她才从床上爬起来，她时常蓬头散发，穿着那件麻布的睡袍在院子里走来走去，露出一大截白皙的小腿，她有时甚至在堂屋里就脱下鞋子，搓洗她那细细的脚趾。直到有一天，翠婶告诉他，柳柳整整一个晚上没有回来过夜，赵少忠才感觉到她身上微妙的变化，不过，她脸上茫然若失的阴云一直没有消失，眉头紧锁，像是被什么事吓着了一般。

赵少忠呆呆地在那处护栏石上坐了很久，翠婶不知什么时候拎着一只木桶来到了后院。

“这些天黄狗整天扒拉着那扇门。”翠婶说。

赵少忠依然在想着晚上的那个梦，没有搭理她。

“我原先还以为它在叫性呢——”

“它也许真的在叫性。”赵少忠心不在焉地说。

“它恐怕是闻到了屋外的什么气味。”翠婶说。

“什么气味?”

翠婶像是没有听见他的话,她拎着木桶已经走到了井栏边。

4

半夜里,翠婶刚刚在床上躺下来,就听到了院中那条黄狗狺狺的叫声。这一次,它的声音显得有些奇怪,凄厉的哀鸣一阵阵微弱下去,像一辆远去的马车。

这条伶俐的黄狗的鸣叫不时惊扰她昏沉的睡意,翠婶提着那盏罩灯来到了屋外,声音是从前院传过来的,她蹑手蹑脚穿过那排回廊走到前院,那条黄狗躺在竹篱边的草丛边,凹陷的肚皮急剧抽搐着。翠婶慢慢走近它,闻到了一股刺鼻的怪味。

它的嘴角粘满了泥巴和枯草,鼻孔里流出的一丝血迹落在草丛中,竹篱有好几处已经被毁坏了,地面上布满了被它的四爪刨过的痕迹。矮矮的竹篱一直围到鸡埘的边缘,里面栽了几株金针。

黄狗慢慢转动着它的脖子朝翠婶瞅了瞅,半睁半闭的眼睛里只余下了一缕可怜巴巴的微光,它将头颅伏在翠婶的脚上。风将它的金黄色的长毛吹得倒翻了过来,翠婶蹲下身子,摸了摸它的脖子,感到它的温热的身体正在慢慢冷却。它的牙齿无力地咬噬着翠婶的鞋帮,嘴里流出一股热乎乎的牛奶般的唾液。不一会儿,它的后脚急促地抽动了几下,那双充满忧伤的眼睛渐渐闭上了。

这是一条温驯的良种狗,它总是静伏在院中那棵高大的刺树下,时间过去了七八年之久,很少有人留意过它的衰老。在收获的季节里,翠婶常常借着星光在田里割麦,它一直蜷伏在池塘的边缘,在旷野里不时传来的磨镗声中静静地陪伴着她。

最近这段日子,它的举动突然变得让人不可思议,它不安的叫声在晚间不止一次将她惊醒,它暴躁地在院中的各个角落来回乱窜,有时它甚至跳到灶台上,将饭碗、盐钵撞翻。它像是得了一种奇怪的病症,渐渐使人感到有些厌烦。起先,翠婶还以为它在叫性,有一天,她偷偷地从邻居家借回来一头公狗,将它们在鸡栏里关了整整一个晚上,第二天那位邻居来领回那条公狗的时候,突然大笑起来:“它已经老掉牙了,早已过了发情的年龄。”

翠婶从邻居的话里感觉到了某种莫名其妙的苦涩的意味。

有一次,那条黄狗咬住了她的衣角,把她拽到木栅栏门边,她觉得门外也许有什么东西使它感到不安,她走到屋外,看见墙根有一具过路的戏班子留下的破麒麟,她将那具竹篾做的麒麟拿到灶下烧掉后,黄狗在木栅栏门边的吠叫并没有停止。

院子里凉飕飕的,门外墨河边不时传来瓦匠在砌墙的声音,翠婶呆呆地在竹篱边站了好一阵,才慢慢朝后院走去。

“它看样子像是吃了什么有毒的东西。”翠婶想。在经过赵龙卧房的时候,她听到一阵均匀的鼾声,她的脑子里突然掠过前些天发生的一件事,她现在回想起来依然感到有些后怕。

那天黄昏的时候,柳柳心事重重地来到灶屋,她说赵少忠从药店里买了一大包砒霜回家:“药店的伙计说那些砒霜可以足足毒死一头黄牛。”她看着柳柳那张神思恍惚的脸,愣了半天也没有想起来赵少忠买回那些毒药究竟想派什么用场。她似乎感到事情有些不妙,当天晚上,她趁着夜深人静悄悄地溜进了赵少忠的书房,她在那些桌子抽屉、书架、衣柜中找了个遍,甚至连床下的一只铜脚炉也没有放过,还是没有找到那包毒药。她正准备将那些散落在地上的书籍重新在书架上码好,就听到院外的廊下有一阵脚步声朝这儿传过来。在竹制书架的缝隙中,她看见那扇门被人推开了,赵少忠拄着拐棍走了进来。他在门槛边怔了一下,目光扫过屋里那些散乱的杂物。翠婶从书架背后突然闪了出来把他吓了一跳。翠婶看见他的身体朝后退了几步,脸色一阵苍白。他惊恐的神情也感染了翠婶,她看着那张像揉皱的白纸般的脸和飘垂于胸前的胡须,不知说什么好。

“这么晚了,你怎么还没睡?”翠婶笑了一下。

“你在这儿干什么?”赵少忠紧盯着她的脸,喑哑的嗓音软绵绵的,听上去有些陌生。

翠婶张大了嘴巴,半晌也没有想起可以回答他的理由。

“我来找一枚针扣,前几天我在这儿钉被角的时候,不知把它丢哪儿了。”过了一会儿,翠婶说。

“针扣?”

翠婶点了点头,似乎缓过了一口气来:“你怎么这么晚没睡?”

“我来取一本书。”赵少忠说。

她看见赵少忠在桌上挑了一本书,朝门外走了几步,又一次转过身来,依旧看着她的脸。

“你恐怕是来找那些砒霜的吧?”他说。

翠婶第一次看到他脸上这种阴森森的目光,他的嘴角挂着一丝不易为人觉察到的笑意。翠婶冷不防打了个寒噤,那天晚上当她钻进被窝的时候,依旧感到两脚不住地打颤。

翠婶走回到自己的卧房中,那条死狗腮边挂着的那缕牛奶似的唾液不时地在她眼前闪现。那条狗说不定是让那包砒霜毒死的。在闷热的夏季，当赵少忠将院中那些遮阴的树木剪得光秃秃的时候，她就感到有些惶恐，那包砒霜几天来一直搅得她心神不宁。现在，那条黄狗的猝死尽管使她感到了一阵隐隐的忧伤，但总算没有惹出大事，因为他毕竟没有像她所担心的那样将毒药撒到自己的酒盅里。

第二天一早，翠婶来到前院生火做饭的时候，看见柳柳和赵龙已经站在那片竹篱笆边。赵少忠背着手，在一旁显得有些不自在。

她看见赵龙在它身上踢了一脚，洒满露珠的金色的毛皮在晨雾中晃动了几下。

“昨天还好好的，怎么突然就死了？”柳柳说。

“这条狗在家里待了七八年，它的寿限也该到了。”赵少忠说。

“我总觉得它是被人弄死似的。”柳柳嘀咕着。

“昨天皮匠在院子里转了半天，说是找一把撬石头用的铁钎，黄狗从鸡窝边一下蹿到他的身上，将他的衣服撕开了一个大口子，会不会……”赵龙慢吞吞地说。

翠婶在一边没有吱声。门外的白果树上栖息着几只喳喳啾鸣的喜鹊，三老倌的那几道新砌的店铺的山墙已经升到一丈多高，看起来用不了多久就要上梁盖瓦了。

“它老了，”赵少忠说，“就像人老了一样，我有一次看见它的一颗犬牙掉脱在廊下。”

“昨天我还看见它活蹦乱跳的。”

“死了也好,反正迟早是这样。”赵龙说,“等会儿我磨把刀将它剥了。”

“还是埋掉算了。”翠婶说了一句,“它像是吃了什么有毒的东西。”

翠婶话一出口又感到有些后悔,她看见赵少忠瞟了她一眼,柳柳也在一旁呆呆地瞅着她。

“我是说它会不会偷吃了我买回来熏蚊子的药粉?”她说。

“它的皮还是好好的。”赵龙说,“把它拿到镇上的皮货店里说不定能卖出个好价钱。”

“等会儿让哑巴把它埋了吧。”赵少忠说了一句,朝后院走去。

翠婶在灶屋烧完饭出来,看见柳柳依然孤零零地站在篱笆边,她走到柳柳身边:“它已经老了……不管怎么说,它毕竟是一条狗。”

5

又是一个晴朗的午后。柳柳正在墨河岸边的水码头上拆洗被褥,一个背着虾篓拾捡蚌壳的老人从芦苇丛中闪了出来。

枯涸的河水消退后露出大片的棕色的沙土,子午桥下裹着苔藓的桥桩在水中投下弯弯曲曲的倒影,明天就是三老倌新砌的店铺上梁的日子,村里的人们正忙着准备贺喜的粽子和馒头,那些拿着蒸笼和竹箩的妇女不时地在码头上来回穿梭。

背虾篓的老人在身后留下一排长长的脚印,走到了她的跟前。

“我像是听到村里有什么响动。”他说。

柳柳站起身,朝身后看了看,一丝微弱的嘈杂声从落掉了叶子的树林上空隐隐地飘了过来。她看见几个推着砖瓦的帮工在河边的柳荫道上呆呆地朝村中张望。那几堵刚刚砌好的伞形墙垛上坐着几个泥瓦匠,像是在聆听着什么。

“村里像是出了什么事。”三老倌说,他的身上粘满了石灰浆,站在高高的脚手架下,显得局促不安。

“也许是哪家的房子着火了吧。”一个木匠笑了一下。

柳柳走到河岸上,看见人群从各个方向朝村后跑去,叮叮咚咚的脚步声在深巷里回荡着。

柳柳跑到村中那片茂密的竹林的边缘,听到了竹林深处传出一声女人的惊叫。她看见父亲拄着一根拐棍正蹒跚地从木栅栏门里走出来,翠婶手里握着一把笤帚跟在他的身后。

“出了什么事?”柳柳说。

“听人说邻居在竹林里挖出了一件什么东西。”翠婶的脸上镌刻着惊恐的神色。

“会不会是金子?”墙角一个啃着玉米棒的小孩抬头看了柳柳一眼。

“一具死尸。”一个年轻人从竹林中走了出来,朝地上啐了一口唾沫。

那具腐烂的尸体晾在土坡上,像一条晒干的鲑鱼,他灰褐色的脸埋在开败的雏菊花丛中,扭曲的表情依然如故。刚劲的风在桑园里吹过,不时有几片枯黄的桑叶掉落在他的身上和周围。他的一只脚光溜溜的,一缕风干的血迹沿着裤管的镶边一直延伸到脚踵上。

那个女人瘫坐在一处沙丘上,脸色煞白,似乎还没有从惊悸中苏醒过来,她面前装满红薯的柳筐边上搁着一把铁锹。

“下午我准备来这儿挖一个窖子,将山芋埋起来,挖着挖着就挖出了一截指头,起先我还以为是一段胡萝卜呢。”那个女人木木地说。

“看上去他已经死了好些日子了。”人群中不知是谁说了一句。

“半个多月前我就听人说他跟船去江北了。”

“刀扎得这样深,把背脊都刺穿了。”一个年轻人在竹林里将牙齿咬得咯咯响。

柳柳看看地上的那只断指,又一次想起了后院山墙上沙沙作响的扁豆。

她觉得赵虎并没有死去,那具俯卧在土坡上的尸体像是和她毫不相干的另一个人。赵虎此刻正躺在潮湿的船舱里,在漫长的运河上航行,或者,他正坐在一个灰暗的小酒店里喝着黄酒,柳柳一闭上眼睛就可以看见他那张轮廓分明的脸,他和自己挨得那样近,在他目光久久的注视下,她能够闻到他身上的烟草的气息。

“柳柳,柳柳,你把我压得快站不住了。”她听见翠婶在耳边不停地叫她,那声音听上去隔得很远,她的脸擦到了一个硬邦邦的东西上,那是一棵刺树的树干。柳柳坐在树根下,又一次睁开双眼。不远处那具死尸腐烂的气味随风一阵阵飘过来。

赵少忠像一尊木雕似的站在那处坑穴的边缘一动不动。翠婶泪流满面地走到了他的跟前。

“你得赶紧拿出个主意来,”翠婶说,“看热闹的人越来越多。”

柳柳看见林子边已经围满了人,竹林中不时有人闪现出来,那些来迟的观望者被人墙堵在外围,他们不得不爬上一棵棵楝树,探出头朝下张望。

“明天赶早把他埋了吧。”三老倌说,“尸体都发臭了。”

“等会儿天黑了,我让人送几只花圈来。”花圈店的钱老板叹了一口气,拨开人群走了出去。

过了一会儿,簇拥的人群让开了一道缝,柳柳看见赵龙拖着一辆平板车朝这边慢慢地走过来,他的脚底像是抹了油似的,双腿不住地打着飘闪,他走到竹林边的那口废井旁就再也走不动了。

翠婶四下里看了看,目光像在搜寻什么人。

“哑巴呢?”她说。

“刚才我还看见他在这儿的。”一个老人对她说。

赵龙走到那道坑穴的边上,把那具包着麻布的尸体翻了过来,赵虎的一只手僵直地搭在胸口的刀柄上,像是正在试图将它拔出来。赵龙小心翼翼地将他抱起来,绑在麻布上的绳子已经烂断了,像灰烬一般抖落在地上。柳柳看着那辆载着尸体的板车在干燥的红土上留下的几道车辙,耳畔响起了一阵候鸟扇动翅膀的声音。

现在已是日落时分,瓦蓝色的天空掠过一排南去的雁群,它们的叫声在秋后净朗的原野上渐渐远去。围观的人群已经散尽了,桑林边的那块土坡上只剩下了柳柳一个人。一只花猫在地上拨弄着那只断指,发出呜呜的鸣叫。

坑穴边的沙地上留下了被沉重的人体压过的痕迹,她感到赵虎似乎依然躺在那儿。许多个不眠之夜在院子里传出的磨刀声又一次回荡在她的周围，在那个闷热的夏季她常常被尖刀在砂石上发出的声音惊醒，自赵虎从偃林寨逃回来的那个晚上起，她一直感到一种不祥的阴云笼罩在他的脸上，他躲躲闪闪的目光从那件被血污染红的衬衫上，从那座破庙的阴影之中，从一个个月明星稀的天空深黛色的背景中叠现出来，使她不寒而栗。现在，他的死亡使她心中存积已久的谜团变成了一堆乱麻。

天渐渐地黑了下来。她看见一个小脚女人在后院的门口走来走去。翠婶的啜泣声时断时续。

“在门口搭个竹棚吧。”女人说。

“竹棚？”

“人死在外面，不能搬到院子里去。”女人说。

翠婶哭得更厉害了。

柳柳身上慢慢有了些力气，她抖抖索索地穿过竹林，走到木栅栏门前，她看见翠婶正从地上把那块从尸体上剥下的麻布捡起来。几个年老的妇女忙着替赵虎换寿衣，刺鼻的气味使她们不时地咳嗽，花圈店的钱老板正在墙根下跟父亲说着什么，赵少忠的目光依然盯着那片竹林，像是在想着另外一件事。

柳柳回到院子里，翠婶拎着那片麻布走到了廊下，她顺手将它盖在墙角的一个盛着谷糠的篾箩上，翠婶转过身瞥了她一眼，又回头看了看那块在风中飘动着的麻布，突然吃惊地张大了嘴巴。

6

“那块麻布像是一直就盖在糠箩上的。”翠婶说。

现在已是黎明时分，柳柳坐在木栅栏门口的一张木凳上一夜未眠，她在渐渐袭来的困意中打着盹儿，翠婶一个晚上都在和她唠叨那块麻布。

“梅梅怎么还没回来？”赵少忠看了蜷缩在墙根的哑巴一眼。

哑巴咿咿呀呀地说了几句什么。

“天都快亮了。”赵少忠察看着天色，显得有些不安。

“还是趁早将他埋了吧，就算梅梅能在天亮前赶回来看上一眼……”翠婶哽咽着没有说下去。

太阳慢慢从浓浓的雾气中露出脸来，净朗的旷野的轮廓在竹林的背后渐渐呈现出来。今天是三老倌新砌的店铺上梁的日子，那些从外地赶来贺喜的人群一大早就出现在村后裸露的田野上，他们挑着鞭炮和漆盒不时从停放尸体的竹棚边经过，投来匆匆忙忙的一瞥。

子午镇上的人也都忙着准备馒头和粽子，早早赶到了墨河岸边,后街上那排店铺的栏栅关得严严实实。除了在竹林边玩耍的几个小孩偶尔朝这儿看上一两眼之外,镇上几乎没有什么人对即将举行的葬礼感兴趣。

一夜的露水和薄霜将那具尸体打得濡湿,尸体边上的长明灯的油快要烧尽了,飘闪的火苗泼剌泼剌地蹿动了几下就熄灭了。那些薄荷叶在木栅栏门前整整焚烧了一个晚上,还是遮不住尸体散发出来的一阵阵恶臭。

一个木匠蹲在竹棚边往刚刚打好的棺材上刷着黑漆,花圈店的钱老板天刚蒙蒙亮就一直守候在这里,他在竹棚边上来回地转悠着,像是憋了一肚子话没有说出口,尸体入殓的时候,他走到了赵少忠的跟前。

"出殡的时候,你准备往哪儿走?"他说。

"墓地。"赵少忠迷惑不解地看了他一眼。

"我知道。"钱老板说,"子午桥边,三老倌正忙着为那儿幢新砌的房子上梁,送葬的人群从那儿经过总让人觉得有些不太合适。"

"不走子午桥,你让我走哪儿?"

"绕过村后的那片桑园,有一条小路通往墓地。"

"那条道儿怕是不太好走,路程也远多了。"

"路倒是远了一点,"钱老板说,"不过,上梁盖瓦毕竟是一件大事,为出殡这件事,三老倌和我整整商量了一个晚上,依我看你不如绕个道儿成全了他。”

“话可不能这么说。”翠婶插了一句，“我们家死了人事情也不能算小。”

“那是。”钱老板说，“这两件事扭到了一块儿，太不凑巧了。”

赵少忠没有吭声。

“我怎么也想不到赵虎会死。”过了一会儿，钱老板又说，“你们赵家像是跟镇上什么人结了仇。”

“结仇？”翠婶愣了一下。

“很多事说起来让人难以相信，仿佛命中注定的一样。”钱老板说，“几十年来我一直忘不了那场大火。”

“事情已经过去那么多年，你何必再提它。”赵少忠嗫嚅着。

“赵家祖上的事恐怕连你也不太清楚。”钱老板说。

赵少忠站在竹棚的一端，目送着钱老板的身影在墨河岸边的树林里消失，呆呆地伫立了很久。

这场在深秋举行的葬礼显得格外冷清，赵少忠找遍了整个镇子，才勉强请到了四个愿意抬棺的人。晌午的时候，送葬的人群在几只花圈的簇拥下绕过村后的桑林，沿着一条狭窄的小道朝墓地走去。在绵延起伏的丘陵上，道路非常难走，那几个抬棺材的人不得不时常停下来喘息。当他们精疲力竭到达墓地的时候,村子的方向传来了经久不息的鞭炮声。

7

梅梅从稻田里往村中走的时候,太阳已经落山了。天气一天天地冷了下来,空中偶尔飞过的小鸟被深秋的西风削得尖尖的,成熟的晚稻被收割后田野上露出了大片赭红色的泥土,到处都是开镰和磨锉的声音。

梅梅回到了院子,那个麻脸人正坐在石榴树下吸烟。他漫不经心地瞟了她一眼:“刚才你们家有人来过了。”

“谁?”

“那个哑巴。”

“人呢?”

“早走了。”

“他跟你说了什么?”

“哑巴能说什么?”麻脸人嘴角挂着笑,“他在院中朝我比画了半天,我也没有弄懂他想说什么。”

梅梅将手里的镰刀挂在廊下的竹钩上,正要往里屋走,听见丈夫在背后突然说了一句:“你们家没准死了什么人吧?”

梅梅还以为他在开玩笑,他在酒醉之后常常这样胡言乱语。

自从那次和柳柳去西乡访亲回来后，梅梅已经有两个多月没有回过子午镇了，她不知道哑巴来这里为了什么事，会不会是有人跟柳柳提亲？她满腹狐疑地回到卧房里，感到浑身像散了架似的。眼下正是大忙季节，田里的稻子刚刚割完，紧接着就是犁地种麦，一连串的忙碌简直让人喘不过气来。梅梅坐在床沿上，拿起一双鞋底扎了几针，就靠在床架上迷迷糊糊地睡着了。

深夜的时候，她做了一个奇怪的梦：那是一个积雪初融的午后，她站在院外白果树下的那排晾竿前晒毛线，隐隐约约听见河边有人在悄声说话，她的目光越过那些挂满冰凌的树丛，看见猴子滚动着一个铁环，歪歪斜斜地走到了子午桥上。他一直背对着她，梅梅始终看不清他的脸，赵虎手里握着一把鱼竿在泛着血光的墨河上钓鱼。

"猴子，"赵虎说，"你在那边待了好长时间，都在干些什么？"

"我在那边看管一个枣园。"猴子说。

"你什么时候带我到你的枣园去看看？"赵虎说。

"现在，枣树被大雪压枯了，等到秋后枣子熟了的季节我就让人来接你。"

她突然看见猴子在冰封的桥面上滑了一下，撞断了几根河栏，翻身掉入水中。梅梅的身子往下一坠，便从梦中醒了过来。这时天已经亮了,麻脸人在她身边侧了一下身体咕咕噜噜地说了几句什么,又沉沉睡去。

这无论如何都是一个凶兆。梅梅想。她记起昨天傍晚麻子在院中无意间说出的那句话,感到一阵紧张。她悄悄地溜下床,麻利地穿好衣服,走到了屋外。

梅梅踩着露水和寒霜急急朝家赶。天空灰蒙蒙的,漫天的大雾笼罩着寂静的田野,几个早起拾粪的老人在不远处的丛林里显得影影绰绰的。当阳光将雾气驱散开,时光已近晌午,她已经走到了子午镇外的那个废窑边上。村中的树木和瓦楞沐浴在灿烂的阳光之中,她看见墨河岸边那处断墙残壁之中已经砌成了一幢簇新的房子。河边挤满了人,几个木匠颤巍巍地爬到屋顶上,正准备上梁盖瓦。赵立本和王胡子手里拎着几串鞭炮,在树林里走来走去。

梅梅穿过人群,径自朝家中走去,看热闹的人谁都没有注意到她。

院子里空空荡荡的,不见一个人影。后院的那扇木栅栏门敞开着,屋外的竹林边搭着一个棚屋,地上没有烧尽的黄纸冒着缕缕青烟,几朵寒碜的纸花在风中飘动。她的心仿佛突然被人揪了一下。

“你怎么这么晚才赶回来?”一个老人沿着后街碎碎的石子路面朝她走了过来,“棺材已经上山了。”

“棺材?”

梅梅像是意识到了什么,她抬起头,看见远处起伏的丘陵之上,一团白乎乎的影子在耀眼的光线中已经走远了。

8

一场寒雨打枯了树枝。那些被风吹散的臭椿的花籽像初春时节的柳絮在空中飘飞着,随着风向渐渐偏北,赵家大院院外墙根下的那排鸡冠花也迅速地凋萎了。

翠婶坐在门外的白果树下,注视着忽阴忽晴的天空,一种莫名其妙的惆怅像梦幻一样时时缠绕着她。她记不清赵家大院是从哪一天开始倒霉的,在这个空阔的大院里待了几十年之后,翠婶对它越来越感到陌生。赵虎的猝死带给她一丝隐隐的忧伤,除此之外,她更多地感到了恐惧,这个院落平静的外表之下似乎一直隐藏着什么鲜为人知的秘密。

在萧瑟的秋风中,她记起墨河对岸的那些晚稻早已过了收获的季节。成片的稻穗倒伏在地里的淤水中,正在慢慢发霉腐烂。在深秋的闲暇之中,赵少忠整天在院子里来回转悠着,他的样子一天比一天老了,深陷的眼眶里迸出的余光却像除去了锈迹的刀刃一样闪闪发亮。在无边的寂寞之中,翠婶不止一次试图跟他搭讪,赵少忠照例一声不吭。她担心长久的沉默会使他忘掉了如何说话。

现在已是午后时分,那幢高大的店铺矗立在墨河边,遮住了灿烂的阳光,山墙的阴影一寸寸地朝她蔓延过来。一个帮工模样的人正在河边清扫着那些枯叶、石灰渣以及鞭炮的纸烬,在那处朽圮的桥栏的背后,几个包着头巾的女人在犁好的地里播种。

这些日子,柳柳时常整夜不归。自从那天晚上,柳柳满脸酒气地从更生的酒坊回来之后,她像是渐渐地变成了另外一个人。翠婶先前从她脸上常常可以看到的惊恐不安的疑云现在已经荡然无存,仿佛一连串的灾祸和不幸在她身上起到了相反的效果:她越来越变得大大咧咧,无所顾忌,脸上时常挂着破碎的笑容。有一次,翠婶几乎是强迫地把她按在井边的木桶里,用榛树叶为她搓洗积满污垢的长发,发丛中爬动的虱子使她忍不住直想呕吐。翠婶一次次地把这些危险的信号告诉赵少忠,他总是抽着烟锅,默默地聆听着她的倾诉,在一阵长时间的静默之后,又突然说起了另外一件事。

这个大院的一切都在慢慢地腐烂。衰败的阴影已扩散到它的每一个角落。鸽子、小鸟以及所有的活物都在离它远去,她感到赵家大院的每一个人都渴望逃离它,她每天躺在那间后院的用人房中,谛听着院外呼啸的风声,时常梦见自己置身于一条漂泊不定的船上,水从船舷的漏缝里一股股地涌进来,上涨的淤水渐渐漫过了她的头顶。

随着柳柳深夜外出的次数越来越多,翠婶开始听见一些令她难以置信的风言风语在井台边、街坊的角落、磨坊的阴影中传播开来,这些闲言的流传使她又一次想起了刚刚来到赵家大院时的那个闷热的夏季,那个在闲言的包围中郁郁而死的女人一直隐伏在她的内心深处,她的病弱的面容镌刻在柳柳的脸上,每当她的目光从柳柳的面庞上匆匆滑过,一种恍然如梦的感觉常使她不寒而栗。

作为一个外来人,她对柳柳过分的关心给她带来的始终是一连串的沉默,渐渐地,她似乎也被这种沉寂的气氛感染了,日子一长,她便慢慢忘掉了柳柳的存在,只有当祠堂里的那个皮匠时不时问起柳柳的时候,她才会在内心深处复萌那层隐隐的担忧。

在给赵虎烧完头七的那天中午,柳柳突然在墓地上呕吐不止。起先,翠婶以为她在季节的更换中染上了风寒,也就没有过分留意,但是有一天,她在无意之中看见柳柳站在灶角,将一碗早已馊掉了的稀粥喝了个精光,女人特有的敏感牵动了翠婶的某些记忆。当天晚上,她拐弯抹角地说服了柳柳,让她睡到自己的卧房里去。在熄灯之后,她们面对着桌上水杯中映现的一尾月光,第一次聊到了深夜。

“昨天晚上,我听见你哭了整整一夜。”翠婶说。

“我感到害怕。”

“害怕什么?”

“我也不知道。”

“这些天,我常常看见你呕吐。”

柳柳咬着嘴唇没有吭声。

“你是不是觉得身上哪儿不舒服?”

柳柳脸上闪动的泪光和瑟瑟发抖的身体似乎证实了翠婶的预感,她一时想不起什么话来劝慰她。在渐深的夜色中,她像搂着一个婴儿一般地抱着她不时抽搐的身体沉入了梦乡。第二天一早,她醒来的时候,发现柳柳撇下一条饱含泪水的枕巾,不知在什么时候已经悄悄离开了。

这些日子,翠婶常常看见柳柳在河边的树丛里转来转去。弯弯的墨河流经村西的一片果园,围出了一块荒地,在几株干枯的枣树的掩映中,矗立着一间破破烂烂的草房,子午镇上唯一的郎中就住在那儿,翠婶已经很久没有看到过他了。他日复一日闲居在那间草房里,只有在阳光灿烂的午后,他才偶尔提着一只木桶出现在河滩边,给门前竹篱里的菜畦浇水。他的背越来越驼了,流逝的光阴在他的脸上刻下了枯皱的树皮般的痕迹。

太阳已经偏西了,翠婶看见那个郎中拎着一只笨重的木箱,远远地跟在哑巴的身后,沿着布满落叶的河滩朝这里慢慢走来。今天早上，柳柳突然发起了高烧，她在神志不清的睡梦中一直不停地说着胡话，她说出的每一个字都使翠婶感到心惊肉跳。

翠婶从白果树下站了起来，将白线绕在线板上，跟着步履蹒跚的老人穿过回廊朝柳柳的卧室走去。

柳柳的卧房已经很久没有打扫过了，她呕吐的秽物上撒满了煤渣，房间里飘浮着一股难闻的酒气。柳柳歪躺在床沿上，惊惧的眼珠不安地转动着。郎中走到床前，盯着她憔悴的脸看了半晌，开始为她搭脉。

赵少忠站在窗前，不安地搓着双手，眉头皱得紧紧的。过了一会儿，郎中站起身来，满目狐疑地瞥了翠婶一眼。

"她是什么时候出阁的?"郎中用含糊不清的声音问了一句。

翠婶愣了一下，不知道说什么好。

赵少忠转过身来："小女今年刚满十八，还未曾出阁。"

郎中沉思了片刻，脸色渐渐阴沉下来。

9

晚上，翠婶在灯下看着郎中留下的那帖膏药怔怔地发愣，那个枯瘦的老人浑浊不清的嗓音依旧在她耳畔回荡，屋外春米房木杵敲击石臼的声音一阵阵地飘过来,在冰凉如水的月色中,院内的光溜溜的树木沐裹着一层乳白色的蜃气。一缕湿湿的光线从阁楼的窗口流泻出来,照亮了廊下木质的护栏。

翠婶靠在卧室的墙上感到昏昏欲睡,除了窗外偶尔钻进来一丝冷风,这个深秋的月色和以往的长夏与暮春的月明之夜没有什么不同。翠婶觉得自己的思绪像一盘散沙,经久不变的漫漫长夜日复一日地把她带到一个个遥远的角落,带入到一个个相似的孤寂的瞬间。她感到自己时时刻刻都在重复着往昔,重复一个动作,一种梦幻,一句无关紧要的什么话。

郎中在黄昏时的尴尬气氛中说出的那些话又一次使她回忆起柳柳早先跟她讲述过的那处梦中的桃园,一切都在悄悄地发生。翠婶在赵家大院客居的这些年里,曾经试图使自己成为一个地道的外来人,一个旁观者。可是,随着光阴的流转,她感到自己在笼罩着这个大院上空的命运的迷雾中越走越远,除了心中尚存的对于未知将来的一种莫名其妙的兴趣,她日益觉得心力衰竭,疲惫不堪。

翠婶用剪刀小心翼翼地修剪着那帖膏药的边圈,正准备将它放在油灯上烘化,屋外的长廊上传来一阵模模糊糊的脚步声,随即又突然停了下来。她拉开门,走到了廊下,看见赵少忠瘦小的身体站在廊柱的一线阴影之中。月光映照着他大半个脸庞,她清晰地看到了他爬满前额的痣斑。

他们默默地对望了一会儿，翠婶感到他的目光有些异样，它仿佛在顷刻之间就唤醒了自己沉睡多年的记忆。这个孤傲的男人总是在难忍的烦躁和惊悸之中才会意识到她的存在，他的脸上渴望交谈的表情在月光之中展露无遗。

在他身后，翠婶看见那道狭窄的通道的墙壁上坠满了千针草，它们在风中摇曳着，在地面上投下闪动不定的影子。

赵少忠朝门边走了几步。翠婶倚在门框上，嘴角撇过一丝笑意。

"怎么还没睡？"翠婶说。

"睡不着。"

"你又听到了什么声音？"

"没有。"赵少忠的声音听上去有些喑哑。

此刻，他们已经走到了屋里。在淡淡的灯光下，翠婶注意到他的肩膀不时地抖落一阵不易为人察觉的寒战。赵少忠背对着她，在窗口站立了许久。

他的脸完全隐在窗幔的阴影里，背后暗淡的光线照亮了他深陷的太阳穴和两边弧形的头骨。他像是一动不动地注视着窗外屋顶上愈来愈浓的秋夜的月光，又像是在倾听着翠婶断断续续的话语。

"这些天，我一直在想着那块麻布。"翠婶说。

"麻布？"

“那块麻布我记得原先就覆盖在廊下的糠箩上。”翠婶瞥了他一眼,“可是,那天我却在赵虎的身上看到了它,这事想起来真像做梦一样。”

“那也许是另一块麻布。”赵少忠转过身来。

“我认得那块麻布。”翠婶说,“那是我从镇上的布店里剪回来晒谷子用的。”

“你一定是记错了。”赵少忠说。

“我记得它剪开的豁边……”

赵少忠没有再理会翠婶的唠叨,他走到桌边,在离她很近的地方坐了下来,茫然若失地点燃了一锅烟。

在燃烧的烟草的气息中,翠婶的心中涌起了一种她自己也无法预料的感觉。几年来,赵少忠第一次和自己挨得这样近,她可以听到他粗重的鼻息,吞咽唾沫的声音以及喉管里发出的含糊不清的咕咕声,宛如几十年前那个炎热的盛夏的夜晚。

眼下这个蓬头垢面的男人虽然早已形容枯槁,面色萎黄,但是,当他犹豫不定的目光从她眼前匆匆瞥过,翠婶的心底依旧传过一阵经久不息的战栗。他年轻时候的样子一直尘封在她的内心深处,不知从哪一天开始,她顽固的信念就开始驱使她翘首等待着未来的某一个时刻,这个时刻尽管遥遥无期,但它犹如积压在天空的密云,迟早会有一天化为雨水降临。

在过去的岁月中，赵少忠一次次用沉默的方式回绝了她的各种祈求和暗示，但并未就此掐灭她心底感情的隐火，这一点，她凭着女人先天的预感早有察觉。同时，在和他朝夕相处的日日夜夜，她渐渐感到他们之间无意之中建立起来的某种默契越来越显得牢固而持久。在夜深人静的晚上，他总是突然出现在她的背后，那只熟稔的手指像风一样灵巧地滑过她的胸前，给她带来回味无穷的瞬间；在夏季的夜幕中，她在自己卧室里洗澡的时候，他也常常出人意料地撞进门来……

现在，他的外表日趋颓唐，举止更加怪异，有时翠婶在注视他衰老的面容的同时，突然意识到他几乎变成了一个陌生人。

"我常常听人说起那场大火。"翠婶打了个哈欠。

"那是四五十年前的事了。"

"村里上了年纪的人都记得它，"翠婶说，"听他们讲起的时候就像我自己亲眼看到了一样。"

"那场火是傍晚的时候起来的，我记得当时我正在一只蒲团上磕头。"

"是不是有人故意放的火？"

赵少忠的眼睛迅速扫过桌上的那帖膏药，没有吱声。

"我一想起那件事就感到害怕。"翠婶说。

"什么事？"

“我总觉得当初放火的那个人现在依然活在人世。”翠婶说。

赵少忠的脸上飞过一片阴云,将烟锅磕灭:“没有人能活得那么久。”

“我原先一直以为猴子是自己掉在缸中淹死的。”过了半晌,翠婶又说。

“他其实就是自己掉下去的。”赵少忠说。

“可是谁也没有看见。”

“很多事你用不着想得那么多。”赵少忠说。

“赵虎的死会不会……”

“他像是欠了江北什么人的钱。”赵少忠说,“也许是因为另外的事。”

“你难道没有察觉到镇子上有人跟赵家过不去?”

赵少忠苦笑了一下:“几十年前,子午镇上的每一个人都是靠赵家养活的。”

翠婶没有再说什么,她又一次拿起了那帖膏药,凑在油灯下慢慢烘烤。薄雾不时从门洞中飘进屋子里来,院外听不到一丝声响,月亮已经升到了中天。

10

今天是年内最后一个香火节,天空从清晨开始就被稠密的乌云遮盖着。去南山焚香的人寥寥无几,柳柳在午后的时候来到了那座破败的寺庙前。她记得一年前的冬天,她曾经踏着厚厚的积雪到过这里,眼下,一切都是原先的样子:带有飞檐的寺庙的廊苑中覆盖着一层叶被;房舍两边高大的树木早已掉净了叶子,在风中发出琅琅的声响;那个女尼依旧蜷缩在门槛边,没精打采地敲着木鱼,眯缝着双眼,念叨着什么,看上去正恹恹欲睡。破碎的午后的钟声一阵阵走远,在寂静的空谷中回荡不息。

柳柳在那只紫灰色的铜炉前烧了几炷香,走到了她的跟前,女尼冲着她笑了一下。柳柳看见她苍白的双唇微微启开,露出了一个幽深的黑洞,柳柳这才意识到她有多么苍老,她的牙齿已经掉光了,密密匝匝的皱纹从两颊一直延伸到她的脖子上。

柳柳在踏进禅房的一刹那,身体急剧地颤抖了一下,这个衰朽的老人的背影以及庙中散发的灰烬的气息勾动了她的某种预感。

自从那个闷热的夏季消失之后,她已经好久没有这种感觉了。在镇子上空流走的一个个相似的白天和黑夜中,她整天昏昏沉沉,对于外界事物敏感的触觉仿佛在一夜之间就变得迟钝了,她甚至觉察不到季节的变化。现在,这个神秘的女人的背影又一次磨利了她早已迟钝的记忆,那种灰色的意念在她内心一闪即逝,犹如天空滚过的雷声布下的一道电光,她能够感觉到它的重量,以及它在心头掠过所留下来的痕迹。

但她无法知道那种感觉是什么。

柳柳沿着通往子午镇的官道往回走的时候,已经是落日时分。四周茫茫一片,看不到行人的影子。她一边往前走,一边回想着那个女尼在禅房中跟她说过的每一句话,那种不祥的预感一直紧紧跟随着她。

在以往的日子,她躺在院中那幢阁楼的卧室里,噩梦一个接着一个向她昭示了未来发生的一切,随着那些预兆的灵验,梦兆却在渐渐凉爽的秋风中消失得无影无踪。现在,它再一次不期而至,那座冷冷清清的庙宇使一切都恢复了原样,她感到那些飘散的噩梦的余光正从旷野的各个角落朝她迸射进来,收敛于她的心底,使她感到透不过气来。

此刻,柳柳有些后悔孤身一人到那座寺庙里去,她慢慢地朝前走,久病初愈的身体使她对野外的一切感到静谧而安详。天空依旧阴沉沉的,原野上空旷如洗。收割后的庄稼腾出大片犁过的泥土,刚刚播下的麦种已经在潮湿的地里萌出了新芽,从西北方向吹来的冷风裹挟着尘土和枯草从防风林带上刮过,她看见一个打鸟的人背着竹篓在远处的地平线上静立不动。

柳柳走到了一处亮闪闪的池塘的边上,她的眼前是一片低洼的水沼地，里面长满了萋萋的芦苇，枯萎的芦丛被风吹得东倒西歪，芦花像积雪一样一直伸展到远处的运河岸边。她能够看见灰蒙蒙的苍穹下河面上来往的船只飘动的帆影，她沿着池塘朝前走了几步，突然停了下来。栖息在岸边坡坎中的一只黑色的鸟尖叫了一声，将她吓了一跳，它在水面上留下一圈涟漪像箭一样地飞远了。柳柳呆呆地看着那圈涟漪，吃惊地张大了嘴巴，她看见闪动不定的河床下清晰地呈现出一个跳荡的人影。

那个人影在水中露出灰褐色的笑容，那张她所熟悉的脸像水草一般飘拂着。柳柳感到心脏被一种她从未体验过的力量攥紧了。她下意识地叫了一声，甚至都没有来得及看上一眼对面站着的那个人，就开始在空旷的田野中奔跑起来。她颤抖的双腿把路上的沙砾踢得乱飞，她的呼叫被四周回旋的风声吸没了。她似乎已经意识到了不久之后即将降临到她身上的命运。这个在她的梦中萦绕多日的人突然出现在她的面前，使那些积压在她心头的阴云陡然间飘散开来。她漫无目的地在田野上狂奔着，她跨过一道道的沟溪，最后钻进了那片横亘在她面前的密密的苇丛。芦苇的叶子唰唰地掠过她的耳畔，泥泞不堪的水沼地中露出的芦根一次次划破了她的脚踝。在她身后，那个高大的身影不紧不慢地跟了过来。

她不知道自己要逃到哪里去，在枯黄的芦苇深处，她精疲力竭地停了下来,到处都是她的喘息声。在苇秆的缝隙之中,她能够看见运河的堤坝上赭红色的泥土以及河水在岸边翻卷起的细细的泡沫。她回过头,目光瞥过渐渐暗淡下来的天空,身后的那个人此刻正站在水沼边的一排紫穗槐丛中,朝苇地里引颈张望。他的身影远远看上去就像风一样不真实。

柳柳浑身上下都让汗水浸得透湿,她的腿像灌了铅似的再也迈不开了,她拨开苇秆朝前踉踉跄跄地走了几步,看到了离她不远处站着的另一个人,她朦朦胧胧地感到一束灰色的光影在她眼前闪过,她的头上像是被什么东西重重地敲了一下。她没有看清那个人的脸,柳柳在水沼地里躺倒的一瞬间,模模糊糊地意识到敲击她脑勺的那件东西像是一根捶洗衣服用的棒槌。

一阵阵撕裂心肺的疼痛使她渐渐有了一些知觉。她隐约感到自己置身于一条冰河之中,灼痛的皮肤上结满了冰碴,她的眼睛像是被什么东西粘住了,怎么也睁不开。她能够嗅得到芦根的香味,水沼的泥土腐殖的气息。她感到自己的身体像是被人拖着往前走。她听见倒伏的苇秆在她裸露的脊背上滑过,发出沙沙的声音。成群的白鹭嘎嘎地叫着,在离她很近的地方掠过,它们抖落的雪白的羽毛像铅坨一样沉重地压在她的身上。她眼前最后一次浮现出那个梦中的桃园,她赤身裸体地躺在青草之上,周围的一切都显得空空荡荡,在飘过的一阵沁人心脾的风中,她突然涌起了一股抑制不住的想小解的欲望,翠婶那张苍老的脸在她面前晃动了一下,转眼又消失了。在旷野里被鬼魂缠住的时候,只要往地上撒泡尿,就能从迷途中走出来,她说。此刻她的声音变得非常遥远,渐渐汇入了巨大的风流之中。

她的周围萦绕着一种她所熟悉的气味,它仿佛是父亲那间书房中经年不散的烟草的气息。从前的一切像梦境一般在她眼前疾速闪过。

……村中舂米房木桩敲击石臼的声音,在一个个午后或黄昏响个不停……街角两边的栏栅下堆满了湿漉漉的栀子花蕾……那些散失在屋角的滴漏和纺车上覆盖着灰尘……侧院的那口蓄满雨水的缸……一只死鼠……那些早已死去的人隐伏在院中的树丛里,一到晚上,他们就爬上楼梯,翻过窗台来到她的卧室里……他们日复一日地坐在床边看着她,将口中呼出的热气喷在她的脸上……夕阳将遍地的芦苇染得血红,数不清的蝙蝠在空中飞来飞去,在地面上投下变幻不定的翅影……那副鸡血色的手镯……它在油灯下闪着清冷的光,它们在风中碰撞着,发出像风铃一般叮叮当当的声音……

柳柳感到那缕刺痛了她眼球的灿烂的光影正在变得暗淡下来,她熟悉的事物离她越来越远,她觉察到了绷直的躯体轻轻战栗了一下,一切都归于沉寂。

11

赵少忠赶到那片苇地的时候,已经是第二天晌午。运河河套边的这片低洼的苇丛离子午镇只有二里之遥,从清晨开始,被惊动的村人就像赶集一样来来往往地出现在村外的官道上。这天,节令正值大雪,但天空布满了灿烂的阳光,斜斜的光线懒洋洋地附着在运河宽展的河面上,将密密的苇丛和旷野中的防风林带染成绛红色,水沼地里的淤水有些地方结了一层薄薄的冰,在阳光的照耀下,它们像许多小小的玻璃镜片似的闪着变幻不定的光芒。

今天拂晓,一个早起在运河岸边捞虾网的老人发现了柳柳的尸体。当他沿着碎碎的石板路狂呼着跑进子午镇的时候,赵少忠刚刚从床上爬起来。尽管在黎明时翠婶曾忧心忡忡地告诉他,柳柳昨天一夜未归,但是,当村中嘈杂的声音惊飞了院外树上栖息的成群的喜鹊,他并没有想到把这件突如其来的意外和柳柳联系在一起。

这个衣不蔽体的捕鱼人几经周折才来到了赵家大院,由于过于激动,他比画着手势诉说了半天,赵少忠还是不明所以。

捕鱼人显然对他不久前看到的场景留下了很深的印象,

他站在院中唠唠叨叨地说个不停，一遍又一遍地重复着那句使赵少忠心悸不安的话：

“我从来没有看到过那么漂亮的女人。”

当时，翠婶正在灶下生火做饭，她听到捕鱼人那句含糊不清的感叹，内心像是被什么东西触动了一下。

“柳柳死了。”翠婶失魂落魄地自语了一声，突然号啕大哭起来。

赵少忠走到那片被人群踩乱的苇丛边上，远远地凝视着眼前那块白乎乎的东西，柳柳躺在水沼潮湿的地上，她渐渐长熟的身体在清晰的阳光下呈现出丰腴的轮廓。她岔得很开的两腿上粘满了污泥和芦花，躯体上指甲抓过后留下的痕迹顺着腹沟、肚脐一直延伸到她的脖子上，肌肤中渗出的缕缕血丝已经晾干了。她的一只攥握得很紧的手上抓着几片苇叶，她的那些被撕烂的衣服高高地挂在离她不远处的苇秆上，远远看上去就像在成熟的稻田里守望的稻草人。

柳柳的神色一如往昔，她的双眉紧紧地纠合在一起，长长的眼睫毛下露出微微睁开的眼珠，安详的神态仿佛依旧在回忆着她做过的每一个梦，又像是在朗净如洗的天空中辨别着什么。

赵少忠呆呆地注视着女儿赤裸的身体，在那处枯苇边上站立了很久，他神情木然，竟然没有想起用什么东西将她的躯体遮盖起来。

水沼地里挤满了围观的人群,运河上往来的船只驶过附近的水域时渐渐放慢了速度,有几个船工爬到了高高的桅杆上朝这里张望。

田野里寂然无声,那些兴冲冲赶来的年轻人被眼前的情景惊得目瞪口呆,过度的兴奋和激动使他们不安地搓着双手,躲躲藏藏的目光始终不敢正视面前耀眼的躯体。

在南山的寺院飘来的一阵阵沉闷的钟声中,河上飞过的鸥群尖厉的鸣叫听上去显得非常刺耳。

中午时分,赵少忠跟着那辆装载着尸体的平板车慢慢地朝村里走去。柳柳的身体像是坠落在荷叶上的露珠一般不停地晃动着。强烈的光线刺得他睁不开眼睛,他感到眼前一片漆黑。树木、房舍、沟溪灰色的影子在空阔的田野的背景中影影绰绰,在那条通往子午镇的崎岖不平的官道上,赵少忠不时地摔倒在地上,泥土的气息使他感到自己是在黑夜中行走,一道道铁硬的墙壁朝他迎面扑来……

12

那辆平板车停在赵家大院门外的那棵白果树下,巨大的树冠中漏出的斑斑点点的光影覆盖着它。

闻讯赶来的那个年已老迈的郎中在树下来回转了几圈，他颤巍巍地走到那辆平板车前，拨开柳柳蓬乱的长发。赵少忠在几步之外看到了她头上那块隆起的血痕。

“她显然是被一根木棒击昏了。”郎中说，“然后再也没能醒过来。”

翠婶泪流满面地倚靠在屋外的那堆草垛上，她的身体筛糠一般地发抖，在深陷的干草中弄出窸窣窸窣的声音。赵龙站在门槛边，不时地蹭踢着脚下的泥土，显得有些不知所措。

黄昏的时候，村中祠堂里的三老倌和皮匠一前一后来到了院门外。刚才，三老倌让人从木器铺里扛来了几块木料，村里的小木匠正在树下乒乒乓乓地敲钉着棺材。他不知是出于紧张还是恐惧，锹头不停地敲在手背上。赵少忠看见他的左手已被砸成酱紫色，鲜血从指缝中流出来染红了棺木。

“这事说来也有些奇怪。”木匠说，“我今年已经给赵家打了三口棺材，每一次锹头都像长了眼睛似的砸到我的手背上。”

赵少忠没有吱声。他看见村里的巫婆踮着小脚走到了小木匠的身边，将一根驱邪的蓍草放入他的嘴里。

几个女人围着那辆平板车，正在给柳柳穿衣服。她的身体一夜之间结满的霜冻此刻已经化开了，水珠顺着板车的缝隙嘀嘀嗒嗒地掉落在地上。

三老倌擦拭着眼角的泪珠，走到了赵少忠的身边，将手里的水烟壶递给他，赵少忠吸了一口，一股苦水引动了他一连串的咳嗽。

“有些事情真是让人不敢相信。”三老倌说。

“时间才过了一年……像走马灯一样……”人群中不知是谁叹息了一声。

“这些年，镇上外来的闲人一下子多了起来。”花圈店的钱老板凑了过来，“这些外乡的手艺人整天在镇子上东游西荡……”

“我还正琢磨着给柳柳提亲呢。”

“几十年来，我眼看着赵家大院一天一天变成现在这个样子，真让人不敢相信……”一个老人拄着拐杖远远地站在墙根下，流着口涎慢吞吞地说。

“过些日子，找个风水先生来看看吧，这间房子……”三老倌没有说下去。

入殓的时候，太阳已经落山了，暮色四合的墨河的水流渐渐融入天边灰暗的沉渣之中。几个年老的女人抱来了一堆柴火，在树下燃起了一簇篝火。那口棺材在两只马灯的引照之下，慢慢地朝墓地走去。人们对赵家大院接连不断的葬仪早就习以为常，一切庄重的禁忌与葬规似乎成了多余，人们稀稀拉拉簇拥着那口棺材，叽叽喳喳地谈论着一些细琐的往事，一路小跑消失在树篱的背后。

赵少忠倚在墙边目送着葬仪的人群在旷野中走远，他看见翠婶忽明忽暗的身影歪歪斜斜地追赶着闪闪烁烁的灯光，不时停下来喘息。

不知过了多久，王胡子和赵立本悄悄地来到了他的跟前。他们的身影在黑暗中显得模糊不清。赵立本将一件冰凉的东西交到赵少忠的手里。那是两枚鸡血色的手镯。

"我知道这是柳柳的东西。"赵立本说。

赵少忠愣了一下："它怎么落在你的手里？"

"赵龙有一次付不出钱，将它抵给了秀才。"王胡子说。

"我只是跟他开了个玩笑。"赵立本说，"镇上古董店的老板说，它是用上好的玉石做成的，你留着它吧。"

赵少忠站在墙边好久没动。他恍恍惚惚地将两枚玉镯在手中敲击了一下，它发出了一阵轻微的金属般悦耳的声响。

13

墓地上阴云如晦，那些高大的木棉和刺树的枝条一直探伸到低低的围墙以外。枯草掩映的坟包一座挨着一座在灰暗的光线下呈现出不同的土色。冬季的冷风吹动着干树枝，发出脆裂的声响。

赵少忠坐在一处被烧焦的沙土边,看着那片荒芜的墓园发愣。离他最近的是一座旧坟。坍塌的坟堆和墓栏连接在一起,宛若一辆在荒野中倾覆的马车。墓碑深埋在泥土之中,墓栏边的那棵扁桃树已经长得很高了,上面爬满了枯藤,栖息在树梢上的一只斑鸠不安地啁啾着。

这些坟包作为过去岁月留下的见证,不时地触动着他的记忆。他的眼前一遍遍地浮现出那个离他十分遥远的老人孤独的身影,他依稀记得许多年前的那个黄昏,他坐在墨河岸边的那块断墙残壁之中,面对着西沉的夕阳,灰暗的目光停留在子午桥边那些一望无际的田野之上,白色的蝴蝶在他身边飞来飞去……他一动不动地傍水而坐,一如自己现在的样子。

过去的事像走远的风一样悄无声息地隐敛了踪迹,它们犹如盛满一只草篮的积水,当他试图将那只草篮拎起来的时候,水却顺着草篮的缝隙流走了,凭借着一次又一次葬礼的印象,他才能沉浸到往昔的那些散乱的事件的氛围之中。

……那个病弱的女人身上散发着奇异的花草的馨香整天枯坐于庭院之中她苍白的脸颊和院里花坛中开败的那些木槿花十分相似你把这个晦气的叫花子弄到家里来简直要了我的命她说她也许已经有一百年没有洗过澡了头发里尽是灰尘跳蚤当然还有虱子你还不如把她让给我王胡子说你看上去一点

也不喜欢他可他毕竟是你的骨肉没有人知道这件事女人说他看见猴子滚动着一只铁环歪歪斜斜地走上了子午桥桥下冰封的河面反射的阳光照亮了那座残破的桥栏也照亮了她的脸她喘息着羊粪羊毛粘满了她的裤子不不她说你为什么把两枚镯子都给我我和梅梅一人一枚吧柳柳说我每天晚上都听见有人在屋顶上走过他们踩碎了瓦片发出咔咔嚓嚓的声音我害怕我真的感到害怕昨天发生的事注定在今天还要重现一次也许两件事本来就没有太大的区别她说魔鬼总是在夜深人静的时候伴随着花草的香味钻入人的体内夏季的雨水将那顶漆黑的棺盖浇得锃亮三老倌慢慢地走了过去哑巴惊恐地退向墙边你这个孽障你难道想同她一起埋掉不成数不清的纸花从花圈中掉下来陷落在深深的泥泞之中你不要理她翠婶说她整天都在疑神疑鬼门窗被风吹开的声音都能将她吓出一场病来赵虎把披在头上的那块麻布一次次取下来抖掉黏附在上面的谷糠其实那块麻布一直是盖在屋角的那只糠箩上的送葬的队伍走到一座桥上再一次停了下来我像是听到了什么声音什么声音有人在放鞭炮吧我听到了火苗蹿动的声音半个天都被火光映红了成群的蝙蝠绕梁而飞那只水龙像是被什么东西堵住了怎么也压不出水来她说他朝林子的深处跑去那种感觉让他感到兴奋越往里越潮湿枝条也越来越茂密。

……

天空依旧阴沉沉的，一只孤雁在坟堆上盘旋着，寻找着降落的地点。赵少忠不知道自己在墓地上坐了多久，冬天的第一场雪已经悄然而至。他感到薄薄的雪片像杏花的花瓣一样纷纷扬扬地落在他的周围，在泥土和草茎上慢慢堆积起来。

墓地的围墙以外是高低不平的一带丘陵，遍地的羊齿草在风中摇曳着，隔着荒野上的树篱和闪闪发亮的几道小溪，他能够看见隐伏在桑林背后的镇子的扇形的阴影，几个儿童和拄拐的老人在墨河边缓缓走过。

赵少忠静静地吸着旱烟，雪花不时地落在烟锅上，发出扑哧扑哧清脆的响声。在枯草和黄土的气息中，他第一次产生了渴望躺倒的感觉，他知道那些早已死去的人此刻离他很近，他似乎能够听见他们从地层中传出的轻悠的叹息。

他手里捏着一根折断的枯枝，呆呆地注视着荒凉而沉寂的四野，拨弄着地上被烧焦的沙土。黄昏时分，当他的目光偶尔掠过那片沙土的时候，他惊异地发现沙土上写满了模模糊糊的字迹，在一层雪花的掩盖下，他能够辨认出地上写着的那些人名，他被自己的行为吓得不知所措，仿佛地上的字迹是由另外一个人写出来的一样。他的眼前渐渐呈现出父亲和祖父脸上镌刻着的迷茫神情……那间不透风的房子，布满痰迹的地上爬满了蛆虫和苍蝇……一只鼹鼠舔着宣纸上的墨汁，爬进了笔筒，在它的边缘探出尖尖的嘴巴……院中开满了三色堇和雏菊，父亲端坐于腰门的木栅栏旁边，在直射的阳光下将宣纸上写着的人名用毛笔一一划去。

赵少忠怔怔地看着面前的那片焦黑的沙土，感到了深不可测的时光的流转给他带来的巨大恐惧。

时间过了很久，沙土上的字迹被积雪完全遮盖住了。在积雪反光下，他隐隐地看见地面上显现出一个浅灰的头颅的轮廓，他感觉到有个什么人此刻正站立在他的背后，默默地打量着他。

“谁？”他冷不防转过身来。

“是我。”梅梅说。

他看见梅梅怀里拥着一只花布包裹，正站在一株刺树的边上望着他。

“天都快黑了。”梅梅说。

赵少忠坐在原地没有吱声。

“从早上开始我就见你坐在这里。”梅梅说，“外面的雪越下越大。”

“你到这儿来干什么？”赵少忠轻声说道。

“我走到子午桥上，远远地看见你在这儿，就踅过来看看。”梅梅说。

“你这就走，干吗不在家里多住几天？”

“我已经在镇上住了十多天了,”梅梅说,“家里养的那些兔子说不定早就冻死了,我想回去看看。”

赵少忠从地上站起来,眼前一阵晕眩。

“从去年冬天开始,家里就一直没有太平过,我真担心……”梅梅的眼泪又流了下来。

“没准柳柳早就预感到了什么。”过了一会儿,梅梅自言自语地说了一句。

“什么?”

“她老是唠唠叨叨地跟我说起她做过的每一个梦,起先,谁都不相信她。”

“她像是被什么事吓着了,谁也弄不清她究竟看到了什么。”赵少忠说。

“那幢院子也太旧了,”梅梅说,“镇上找不出一间和它一样老的房子,墙缝中钻满了老鼠。”

“明年春上我找人来把它翻修一下。”赵少忠说。

“镇子上像是有什么人一直和赵家过不去。”

“翠婶这么说,你也这么说。”赵少忠瞥了她一眼,“没有人和我们过不去……”

梅梅紧抿着双唇,没再说什么。

他们从墓地往回走的时候,天色已晚,黑压压的镇子上空已经浮出缕缕灯火。他们踩着吱嘎作响的积雪默默走到一个三岔路口时停了下来。梅梅的泪眼在他身上匆匆扫过,转身朝旷野里走去,她的身影在那条弯曲的小径上越来越小,漫天的风雪一会儿就将她吞没了。

第六章

1

清晨的时候,赵少忠就被院外啁啾的麻雀惊醒了。他像往常一样,拄着拐杖绕过那片空阔而沉寂的院廊,来到了屋外的白果树下。

一连下了好几天的大雪在冬至这一天渐渐停住了。田畴和道陌依旧掩埋在深雪之中,远处马脊山的山峦上空堆积着明亮的浮云,山脚下的一带村落显露出斑斑点点的树影,那些在雪中久居深宅的村人一大早就出现在村外的茫茫雪原上。

他看见墨河的河道上覆满了积雪,那些芦花的尖梢露出雪线,在风中飘摇着。停泊在岸边的几只舢板的顶篷被阳光映照得白花花的,河的对岸有几个老人正在雪野中拾粪,河边的树林中小孩嬉戏的喧闹声一阵阵飘过来,他们扯着白线,沿着河堤追赶着渐渐升高的风筝。

在和煦温暖的阳光中，四周依然透出一股刺骨的凉意，翠婶抱着一把扫帚在院中清扫着积雪，她身后的屋檐下挂着一串串冰凌，她不时停下来，跺着双脚，朝被风吹得通红的手上呵气。

眼前那幢新砌的店铺看上去已经住进了人。屋顶上升着缕缕炊烟，靠近烟囱的地方，被热气烘化的雪水顺着瓦缝噼噼啪啪地流到地上。几个伙计正在房舍的山墙下用木梯搭成架栏，把那些枯萎的茜草摊到阳光下来晒。

那两个瞎子是在晌午的时候来到村里的，没有人知道他们究竟来自何处，赵少忠抱着一只脚炉坐在树下的一条木凳上，看着他们翻过高高的马脊山，摸索着崎岖不平的雪路，艰难地朝村子的方向走来。

这两个老人步履蹒跚地走到子午桥上，他们用竹棍敲击着封冻的桥面，绕过那堵新砌的山墙走到了赵家大院的门前。当他们从赵少忠身边走过的时候，赵少忠依稀觉得自己在什么时候见过他们，但一时想不起来了。赵少忠起先并没有过多地注意他们，耳畔掠过的一阵轻微的响声使他转过身来，他看见一个瞎子敲着竹棍撞到了那棵白果树上。

他的头上、脸上落满了雪花，深陷的眼眶和削尖的下巴使他看上去就像一具骷髅。瞎子在树下怔了一会儿，双手摩挲着树干，嘴里发出一阵阵咕咕噜噜的声音，赵少忠没有听清他们所说的话，他站起身来走到了瞎子的近旁。

“这棵树已经有好几百年了吧？”瞎子说。

“二三百年。”赵少忠搭讪了一句。

“它现在已经死了。”

赵少忠笑了起来：“它从来没像今年这样枝繁叶茂。”

“它的寿限已经到了。”瞎子说。

“可是今年秋天它还结出了满满一筐白果。”

“来年春天它便不再泛青，”瞎子说，“它的根已经烂掉了。”

瞎子沙哑的声音像是从很远的地方传来，他脸上刻着的诡秘而又坦然的神情使赵少忠不由得打了一个冷战。他久久地站立于堆满积雪的树冠之下，看着瞎子走远的身影，显得有些心烦意乱。

他看见瞎子慢慢走到村中的那片扇状的大晒场上，早已等待在那里的几个妇女正在把场上的积雪扫清。那两个老人在晒场的中央止住了脚步，围拢的人群很快就挡住了他的视线。

赵少忠回到后院的时候，赵龙正睡眼惺忪地从卧室里走出来，他看见父亲在廊下烦躁地走来走去，像是在找一件什么东西。

“你在找什么?”翠婶走了过来。

“锯子。”

“大雪天你找锯子干吗?”翠婶说。

“我想将门口的那棵白果树锯掉。”

翠婶愣了半晌,没有说话。

“好好的一棵树干吗要锯掉?”赵龙看着父亲佝偻的身影消失在廊下,轻声地咕哝了一句。不一会儿,他就听到了院外传来的呼啦呼啦的锯齿声。

时间已经过了中午,晒场上的人越聚越多,有人像是听到了身后锯树的声音,不时地回过头来朝这边张望。太阳光渐渐增强了它的热度,融化的雪水中露出一些鹅黄色的草茎,雪地上到处布满了淙淙流淌的沟溪,河边树梢上的一只风筝像是断了线,它在蓝莹莹的苍穹下随着北风越飞越远。

赵少忠在树下足足锯了一个多时辰,他的衣衫都让汗水浸湿了。树干中发出的一种奇怪的声音使他好几次停了下来。他不知道那种声音是从什么地方传出的,随着锯齿在树干中越陷越深,那种声音也越来越显得刺耳。突然他听到树干中传出一声空空荡荡的声响,那棵树吱吱嘎嘎地摇晃了几下,树上的积雪像沙粒一样纷纷坠落下来,他看见那棵白果树像一堵坍塌的墙壁似的朝他压过来。赵少忠身体向旁边躲闪了一下,巨大的树干在撞倒了灶屋上高耸的烟囱后,沉重地压在院墙上，屋顶的瓦片扑扑簌簌地掉落下来，他听见灶屋里传来翠婶一声尖厉的惊叫。

赵少忠似乎还没有从眼前的惊悸之中缓过神来，他看到空洞的树干中钻出了成群结队的老鼠，那些灰色的老鼠像决堤的洪水一样四处蔓延开，在雪地上到处乱窜，它们吱吱地叫着，在积雪中留下了一大片散乱的爪迹之后，不一会儿就消失了踪影。

那棵竹匾一样粗细的树干早就被老鼠钻空了，黑压压的洞口宛若一只张大的嘴巴，一阵腐沤的臭气扑鼻而来，赵少忠看见树洞中堆满了草茎、破棉絮、谷糠、花生壳以及腐烂的死鼠。

翠婶神色慌张地从灶屋奔了出来，正好赶上了老鼠四散奔逃的一幕，她呆呆地倚在门框上，看着瘫坐在雪地上的赵少忠，半天说不出话来。

2

瞎子在白果树下随口说出的那些话的灵验使赵少忠感到了一种前所未有的恐惧。他忐忑不安地来到晒场边缘的时候，聚集在那里的人群已经渐渐散开了，一个瞎子正在地上摸索着收拾行囊准备启程赶路，另一个依旧坐在那株楝树下的木椅上,像是凝神屏气地聆听着什么,一言不发,看着他颓朽而苍老的外表,赵少忠的心头掠过一丝类似于照镜子时常常产生的不真实的感觉。

赵少忠缓缓走到瞎子的跟前,将一袋铜板递到瞎子的手中。在这两个外乡人面前,赵少忠的脸上显露出的虔诚肃穆的神情使四周的人大为惊异。

瞎子一动不动地坐在那儿,像是早就认出了他似的,一缕不经意的笑容从嘴角滑过,他抖抖索索地打开身边的箧箱,从中取出一把蓍草。

现在时光已近黄昏,残阳赭红色的光线染红了村头的那一排光秃秃的树梢。在凛冽的冷风中,大地正在封冻。在不远处的房舍边上,一个妇女正在门边的晾竿上拍打着被褥,在她身后,几头黄牛踩着吱吱作响的积雪到河边去饮水。

在蓍草独特的香气之中,赵少忠仿佛感到时间已在冰凉的空气中被凝固住了。当他最后一次将手中分开的蓍草递给瞎子的时候,天色已经阴暗下来。

瞎子慢慢地捻动着手中的蓍草,脸上布满了灰暗的阴云。时间已经过去了很久,为数不多的几个围观者在薄暮的北风中冻得直跺脚。

瞎子轻微地叹息了一声,终于抬起头来,他的深陷的眼眶静静地滞望着远处,像是在四周的空气中搜索着什么。

“有些话不知当说不当说?”

赵少忠愣了一下,没有吱声,他像是已经意识到了什么似的,在众人的目光注视下,他感到茫然若失。不久,他就听到了瞎子的喉管中发出一连串含混不清的声音。

“遇小过,变卦为未济,凶不可测……遇小过,内艮外震,艮为门,又为鼠,震为雷,雷霆击门,家败,鼠逸为患。变而为未济,未济为离宫三世卦,是为火卦,世爻为午火,应爻为巳火,三火为焱,其火最炽,必败于大火……”

瞎子的语调显得格外平静,头上稀疏的几缕白发在风中飘动着,楝树的阴影罩住了他浅灰色的脸颊。

“可有解救之道?”赵少忠感到自己的声音有些颤抖。

“未济,恐终不可济。”瞎子说。

赵少忠的耳畔响起一阵低沉而嘈杂的喧闹声,人群中发出的叽叽喳喳的议论招引来了更多的围观者,他看见河边有几个老人正急步朝这边跑来。翠婶远远地站在院门外,她显然不知道这边发生了什么事,正翘首朝这里张望。

“家覆于火,必祸及于人。”过了一会儿,瞎子又说,“小过为大坎,坎为水,小水犹大水,艮为少男,而处其下,必溺于坎中之水,未济下坎上离,坎水离火各不相容。坎为次男,离为次女,皆不得其位。离火生于木,坎水生于金,今不得其位,反受所生之害,故而次男丧于金,次女亡于木……”

赵少忠木然站立在树下，瞎子的话在他的耳边久久回荡着。在愈来愈暗的光线下，镇上的房舍中已经沁出了一片片油灯的光亮。

“长男日后如何？”赵少忠轻声地问了一句，立刻感到有些后悔。

“一切都是命中注定。”瞎子说，“未来的一些事眼下还是不说为好。”

瞎子说完，从木椅上站了起来，他俯身拎起脚下的那只箧箱，慢慢朝前走了几步，又像是想起了一件什么事，他转过身来。

“午后的时候，我像是听到了什么声音。”他说。

“我将门口的那棵白果树锯倒了。”赵少忠说，“它的确和你说的一模一样，里面钻满了老鼠。”

瞎子的身影在树下急剧战栗了一下，脸色陡然间阴沉了下来。

“你其实不该将它锯倒。”过了半晌，瞎子说道。

赵少忠不安地环顾着四周，没有吱声。

“那棵大树虽已枯死，朽伏之日尚早，现在它既然已被你锯倒……”瞎子沉吟了一会儿，说道，“掐指算来，令郎大限已近。”

“什么时候？”

“不过辰日。”

3

起先,翠婶对那两个瞎子在晒场上所说的话一无所知,不久,这些离奇的箴闻在冬天的北风中像鸡瘟一样越传越远。这些日子,村里的每一个人都在谈论着这件事,甚至,前些天,当她来到大窖庄的集市上的时候,在猪市的木栅栏边上,她看到一些素不相识的陌生人也在叽叽喳喳地议论着它。

作为一个外乡人,翠婶对于这一带流行的测相风水、占卜问箴的习惯一直不以为然。但是,当越来越多的村人在她跟前拐弯抹角地打听赵龙的生辰的时候,她突然感到事情有些不妙。她感到自己也像是被那种神秘的气氛感染了。村里的那些好事多舌的妇女往往利用来赵家借东西的间隙,察看这座行将颓朽的房舍,做出她们对于生死凶吉的荒诞不经的判断。

那两个瞎子的到来,给赵家大院在差不多一年的时间里发生的不幸提供一种合乎情理的解释,这些解释在满足了村人固存的好奇的同时,再一次增加了他们对神秘莫测的命运的笃信,而在几天前对于柳柳的死因的种种猜测突然销声匿迹,每一个从赵家大院门前走过的人,几乎都不约而同地朝它投来匆匆忙忙的一瞥,激动、伤感的神情洋溢在他们的脸上。

翠婶知道赵龙的生辰是腊月二十八，一夜之间，她感到在她眼前飘逝如飞的时间第一次具有了某种意义。随着时间一天天过去，她突然感到自己对于不久之后即将到来的那个不吉的日子产生了一种莫名其妙的期待。

赵龙已经有好长时间没有去更生的酒坊打牌了。他整天形单影只地在院子里转来转去，目光躲躲藏藏，仿佛一下子老了许多，看上去，他显然已经知道了那件事。这些天，翠婶总看到他的影子在不知不觉地跟随着她。沉默不语的脸上镌刻着渴望交谈的神情，翠婶有好几次挑起了话头，却又想不起来应该和他说些什么。她在一连几个晚上失眠之后，渐渐地有些害怕看到他。

一天晚上，翠婶在卧室里被屋外一阵乒乒乓乓的声音惊醒了，她来到院中，看见赵少忠蹲在腰门边，正用一块块木板将那扇木栅栏门钉死。

院外风声如涛，漆黑的夜空闪烁着星星点点的星光，那片竹林在几天之前就被砍掉了，赵少忠将那些长势正茂的燕竹砍倒后卖给了村里的一个篾匠，她对于主人日益加剧的奇异的举动越来越感到困惑不解。

翠婶轻轻走到了赵少忠的身后，她的脚踢到了地上的一只空瓶，在一阵清晰的声响中，她看见赵少忠的身体向空中蹿动了一下，迅速地回过头来。

"是我。"翠婶笑了一下。

"天气越来越冷了。"赵少忠怔怔地说,"北风从门里灌进来……"

"你将这扇门钉死了,日后去后街买菜就要多转不少路。"翠婶说。

"这扇门斜对着钱老板的那爿花圈铺。"赵少忠叹了一口气,"院子里不时飘进来一股死人的气味。"

"这扇门几十年来一直开着……"

"门外每天都有披麻戴孝的人走过。"赵少忠说。

"今天早上,我发现廊下盖在糠箩上的那块麻布不见了。"过了一会儿,翠婶又说。

"你整天都在唠叨着它,我将它塞进炉子里烧掉了。"

"这段日子,村里所有的人都在谈论那两个瞎子。"翠婶说。

"事情没准真的就是瞎子所说的那个样子。"

"可我总觉得村里有人……"

"谁?"

翠婶没有再说什么。赵少忠惊骇的神情使翠婶隐约地探视到了他深邃的内心。在赵家大院她永远只是一个局外人,她感到赵少忠心中潜藏着无尽的心事。在罩灯模糊的光亮中,他苍白的枯发在风中飘拂着,他灰暗的脸颊上衰老的痕迹使他看上去已经完全蜕变成了另外一个人。

第二天一大早,翠婶看见哑巴拎着一桶土秸泥,将那扇通往后街的木栅栏门堵得严严实实。

4

走在阳光下,赵龙觉得一切都虚恍如梦。晒场上空空荡荡的,四周的树篱下依旧残留着没有融化的积雪。他的目光不敢在那里过多停留,那两个瞎子似乎一直在晒场上晃来晃去。

他在子午镇上生活了三十多年,从来没有什么人关注到他的存在,此刻,镇上几乎所有的人都在他背后偷偷地打量着他。尽管住在墨河岸边的那个郎中在为他仔细地搭完脉后告诉他:他的身体看不出任何病兆,看上去可以足足活到一百岁。但是,郎中的话并没有给他带来丝毫的安慰,在镇子上空流过的各种风言之中,他感到自己的日子也许真的快要到头了。

他懒洋洋地走到墨河岸边,河面上漂浮着咔咔作响的冰块,汩汩流淌的水流漫过河坎下雪白的芦梢,漫过一片又一片枯荷,漫过他模糊不清的记忆。他沿着河堤慢慢朝村西走,他眺望着蜿蜒曲折的河道在远处和天空交接处飞翔的水鸟,感到了一种软绵绵的寂静。

三老倌的那些散布在河沿的店铺中飘来一股股潮湿的锯末的气息,他看见河流拐弯处的码头边,几个帮工正在阳光下将船上的棉纱一捆捆地卸下来。前些天,他从屋外回到家中,看见前院原先空着的一间间厢房中堆满了棉纱。

“你从哪里弄来了这些东西?”翠婶说。

父亲的眉头皱了一下:“晌午的时候,三老倌让人运来的。”

“他家的棉纱堆到这里来干吗?”

“他的那些店铺装不了。”

“这些厢房是养蚕用的,明年春天……”

“到时候再说吧。”父亲说。

现在,三老倌正坐在染布坊门前的栅栏围子边上晒太阳,他吸着水烟,看着码头上一个用棒槌浣纱的女人发愣。那些停泊在岸边的船只的帆篷被风吹得呼啦啦地响。他的眼前又一次呈现出那个寂静的黄昏,那条装载着蚕茧的大船在宽阔的河面上越走越远……那个大雨滂沱的夜晚,在闪电中显露的灰蒙蒙的天空。那个女人在马灯的光亮中赤裸的身体使他想起了柳柳躺在苇丛中的样子,以前,他常常在柳柳的脸上看到她的影子,甚至,当他聆听着那两枚鸡血色的手镯发出的声音,就能一下子看到她。现在,那个女人的形容像是一堵被刷上了石灰的墙壁,又像是水面上散开的涟漪,一切都消失在寒冷的空气中。

河边的树林里有几个小孩正在那儿打水漂,看见赵龙走过来,他们便不约而同地停下来,远远地看着他。他们幼鼠一般的目光中充满了恐惧,赵龙走到离他们差不多有十步远的地方,他们便呼啦一下逃进了树丛,像一群被惊飞的小鸟消失得无影无踪。看着那片空阔的滩土,赵龙感到茫然若失,在村中所有人的眼中,他似乎已经成了一个死去多年的幽灵。

更生那爿酒坊的屋顶上洒满了阳光,那扇朱漆的大门关得紧紧的。一只花猫蜷伏在瓦楞上的烟囱边,不时发出呜呜的叫声。

现在已是黄昏时分,门前的枯草地上印满了独轮车的车辙,看上去,更生外出卖酒还没有回来。赵龙心烦意乱地察看着四周的动静,慢慢走到了门楼的阴影之中,他的手指在门板上轻轻地敲击了几下,房中传来几声嗡嗡的回响,伞墙上的那扇窗户帘幔低垂,墙根下一片冰碴闪着耀眼的白光。

在房舍四周飘荡的酒香之中,赵龙越来越感到不安。尽管屋前没有一个人影,他能够依稀感觉到暗中射来的缕缕目光。

过了一会儿,赵龙正准备走开,附近的一幢阁楼上的百叶窗突然打开了,一个女人从窗口探出头来把他吓了一跳。

“酒坊里没人。”那个女人说，“老板娘到大窖庄赶集去了。”

赵龙在村外的桑林边一直转到天黑，才悻悻地往家走。那棵横倒在门前的白果树像一个巨大的木桶倚在墙垛上，背阴的一面黏附着积雪，那些被砍下的枝丫在墙下堆得很高。

院子里漆黑一片，他走到那条长长的回廊下，听到了后院传来的一阵阵鼾声。

这些日子，翠婶依旧整天笑呵呵的，她像是对萦绕在这座院落里的不祥的气氛一无察觉，她像往常一样日复一日地在门外劈着木柴，或者在院中的那株忍冬花藤边做着针线，她那日益发胖的身体散发着使人安宁的气息，不知不觉中，他感到自己总是跟随她，寻找着她那阳光般温暖的目光。每当他试图凑近她和她说些什么，她不是借故走开，就是吞吞吐吐，欲言又止。

赵龙回到自己的卧室里，用一根树杈抵住门，躺在凉飕飕的床上久久难以入睡。一连几天的失眠使他身体的所有的感觉变得敏锐起来，他呆呆地凝望着屋顶上那扇灰暗的天窗，辨别着屋外的各种声响：南山寺庙的破碎的钟声，深巷里更夫越走越远的脚步声以及在房顶回旋的呜咽的风声。

固定的惊骇的表情不时在赵龙的脸上闪现，那把在他的身体上没入很深的尖刀使他感到胸口一阵阵发麻，村里那些充满敌意的人的脸在空气中隐伏着,他一遍遍地在黑暗里聚敛着那些散乱的目光,最后他看到了一副枯树般的瞎子的脸。即使是在白天,他走在大街上,也能感觉到那两个瞎子在背后跟随他,竹竿在冰封的地上敲出笃笃的声响。

后半夜的时候,赵龙听到院中传来一阵沉闷的声音,像是什么东西被人踩翻了,他从床上坐了起来,透过床边的木窗,他看见屋外如鸦的天空闪着点点星光,过了一会儿,他听到一扇门吱嘎一声打开了,一团暗红的灯光照亮了对面那排阁楼的粉墙,他看见翠婶披着一件夹袄,穿过院中的晾衣绳,走到了井台边,她也像是被刚才的声音惊动了。

在罩灯的光亮中,赵龙看见井栏边的一只栽满香葱的陶罐翻倒在地上,翠婶用脚拨弄着它,环顾着四周。在她身后,赵龙看见梅梅卧房的回廊下突然钻出一个人影,他佝偻着身体蹑手蹑脚地消失在院中的树丛里。

那是哑巴。他不知道哑巴为什么在夜深人静的时候到梅梅的卧房里去。这个来路不明的外乡人在赵家大院待了十几年,近来,他藏头露尾的行迹越来越使人感到不安。柳柳曾经不止一次地对他说,他的聋哑像是装出来的:“说不定哪一天他会突然说出一两句什么话来。”赵龙倚在窗前,注视着对面阁楼下敞开的门洞,身体不住地颤抖起来。

翠婶叹息了一声,转过身,举着那盏罩灯朝这边走过来,赵龙在床上躺下来，闭上了眼睛。翠婶走到窗下的时候，他感到灯光刺得他的眼球一阵酸痛，翠婶不安的喘息声从窗口飘进来，夹杂着牙龈打战的声响。

翠婶在他的窗下站立了很久。过了好一阵，他听到卧室的门上“咔嚓”响了一下，那是上锁的声音，随后，他清晰地听到钥匙在锁孔里转动了一下，拔了出来。那团亮光不久之后就在窗外消隐了，可那种冰凉的上锁的声音却在廊下停留了许久。

5

赵少忠站在那幢高大的门楼下，眼前所有的事物都显得陌生而遥远。竹林边的一排歪倒的竹篱围着一畦菜地，院中的那口枯井边栽着几棵刺梨树，几只白鸡在树根下刨翻着泥土，对面那带粉墙有一半沐浴在阳光之中，灰暗的廊下挂着一扇湿漉漉的渔网正朝地面啪嗒啪嗒地滴着水。

麻脸人坐在门槛上一声不吭地吸着烟，一个年老的仆人在院中铺着的一张竹席上翻晒着玉米，翠婶站在梅梅卧房的门前不安地搓着双手，在她身后，门洞中垂下的珠帘在风中发出沙沙的声响。

对于梅梅的突然出走，事先任何人都没有预料到，直到昨天傍晚，大窨庄的那个媒婆匆匆忙忙赶到赵家大院来找人，赵少忠才知道了这件事。

前一天，村里的更夫天不亮就来到了院中，他神色不安地告诉赵少忠：昨天晚上三更天的时候，他看见一个人影在赵家的院墙外转来转去，“看上去像是梅梅。”更夫说，“我看见她怀里抱着一只青布包裹在冷风中冻得直打哆嗦。”“你一定是看错了人。”赵少忠不假思索地搭讪了一句，就将更夫打发走了。随后，镇上一个卖花的老女人悄悄告诉他，昨天晚上她看见赵家的墓地上有一片火光闪动了很久，好像有人在坟堆上烧纸。起先，赵少忠对这些怪异的说法只是淡淡一笑，并没有过于留心。但是，那天晌午，哑巴不知从什么地方突然钻了出来，指手画脚地冲着他咕噜了半天，他的头发被融化的冰碴淋得湿乎乎的，他慌乱的神色引起了赵少忠的警觉，也许昨夜发生了一件异乎寻常的事，他想。不知从什么时候开始，这个聋哑的仆人一下子变得衰老不堪，他的行为越来越让人不可捉摸，他一刻不停地在院中絮絮叨叨，谁也听不懂他到底想说些什么。最让人感到不安的是，他常常在夜深人静的晚上从床上爬起来，在院中弄出一些奇怪的声响。

“这个骚婆娘说走就走了。”麻脸人说，“事先谁都没有想到。”

“她也许到西乡姨妈家去了。”赵少忠说。

麻脸人将烟锅在廊柱下磕了几下："我已经让人去那儿打听过了，谁都没有看到过她。"

"这些日子，大窨庄出过什么事没有？"翠婶说。

"能出什么事？"麻脸人苦笑了一下，"那天她从集市上回来，脸色看上去有些吓人。也许她在集市上看到了什么，或者遇到了什么人。"

"会不会……"翠婶说。

赵少忠打断了她的话："梅梅临走之前跟你说过什么没有？"

"天晓得她说了些什么。"麻脸人说，"那天晚上她躺在床上一个劲地哭，几天之后就突然不见了人影，我还以为她回了娘家呢。"

"说不定过些日子她还会回来。"翠婶说。

"回来？"麻脸人冷笑了一声，"这一带每年都有女人被官塘镇来的鸨母骗走，她们在妓院里一待就是几十年，到她们年老的时候，口袋里揣满了鼓鼓囊囊的银子，领回来一大帮野种。"

翠婶像是被麻脸人的话刺痛了，她木木地站在廊下，半晌没有话说。

"女人全都是骚货。"麻脸人骂骂咧咧地说。

"没准哑巴知道这件事。"在回家的路上，翠婶说了一句。

“哑巴?”

“自从赵虎死后,他突然变得唠唠叨叨,碍手碍脚,他也许看到了什么。”

“他一定是得了一种奇怪的病。”赵少忠说。

天已经黑了下来,赵少忠感到翠婶在他身后很远的地方跟着他,她的羞涩一如往常,他想起当初将她领回子午镇的时候,她也是这副躲躲闪闪的样子。

6

梅梅是在集市上听说那件事的。她神思恍惚地回到家里,那两个瞎子的影子一直在身后紧紧地伴随着她。麻脸人在廊下晾着渔网,他尽管已经觉察到梅梅的脸色有些不对劲,但他正为昨夜输掉的那些钱发愁,便没有理会她。

晚上,梅梅躺在床上泣泣答答哭到了深夜,她的哭声将麻脸人从浓浓睡意中惊醒之后,他便恼羞成怒地将她推到了床下。梅梅在冰凉的地板上一直躺到第二天黎明,村中传来的公鸡报晓的声音使她忽然萌发了远走高飞的念头。随后,她开始在暗中收拾行囊,在以后一连几天之中,麻脸人似乎感觉到妻子的沉默不语的脸上布满了阴云,但是,他对梅梅日益膨胀的试图逃走的念头一无觉察。

在一个月白风清的夜晚，梅梅趁丈夫醉酒之际，悄悄地溜下了床，挎着那只青布包裹，走到了村外。

梅梅踩着地上咯吱作响的封冻来到赵家墓地的时候，月亮已经爬上了树梢。她从包裹中取出一叠黄纸，在一处背风的坟堆后面点着了火，火光照亮了墓地上杂乱的枯藤和树上栖息的鸟群。她看见子午镇隐伏在静静的黑暗之中，镇子的外围有一条被月光照得发白的小路通往运河的渡口。梅梅烧完纸，沿着那条小路朝前走了一段，一种难以遏制的想回家看一眼的愿望使她停了下来。她不知不觉来到子午镇上的时候，远远地听到了赵家大院中传来的洗碗的声音。

院外的那棵高大的白果树斜倚在墙垛上，翠婶在灶下洗完那些碗碟，举着罩灯，走到院中。梅梅伏在树干的背后，看见翠婶步履蹒跚地走到鸡埘的围栏边，她的脸被灯光衬得红彤彤的，她关好鸡栏走到门槛前，探头朝外张望了一会儿，就将那扇大门关上了，随着那阵不紧不慢的脚步声渐渐走远，围墙上的那片灯光也慢慢飘向后院。

梅梅绕过山墙朝后街走去。后院的那扇木栅栏门被土秸泥封死了。院内不时地传出父亲的咳嗽声，她身后的那片被砍掉的竹林露出尖尖的竹根，没有遮拦的风从旷野上横吹过来，梅梅的全身一阵冰凉。

梅梅在后院的那带围墙下逡巡了很久，村里的更夫从深巷里没精打采地走出来,他身后随着的一只黑狗狺狺地叫了几声。

“谁啊?”更夫离她越来越近。

梅梅没有搭理他,顺着墙根慢慢地离开了。

午夜时分,她走到了大街上,四周不见一个人影,墨河边三老倌的铁匠铺里传来一阵阵淬火的声响,她的身影在碎碎的石板街上拖得很长。在黑黝黝的栏栅的阴影之中,到处都散发着腐烂的鱼虾的膻腥气。

梅梅来到街上那幢肉铺的门前,黑暗中突然闪出一个人来将她吓了一跳。她麻利地从包裹中取出一把锋利的剪刀,刚刚朝前跑了几步,就听到了身后那个人发出的咿咿呀呀的声音。

哑巴站在离她几步之外的一处石磨的边上,正张大了嘴巴怔怔地看着她。

梅梅不知道他是什么时候跟过来的。在她嫁到大窨庄不到一年的时间里,她的眼前老是闪现出他那张枯瘦的脸,每逢集市,她时常在村后池塘的边上,在房舍前开阔的田野里看到他。那场噩梦般的婚姻使她懂得了男女之间的事,也隐约使她明白了这个倒运的男人那种令人恍惚的目光。

梅梅迟疑了一下,转过身来,慢慢走近他,哑巴不由自主地后退着,他们绕着那方巨大的磨架转了半天,梅梅脸上绽露的笑容和种种热情的手势对他都无济于事。当她转身走开的时候,哑巴又在身后远远地跟了上来。他们穿过那条长长的石街和镇外的大片旷野,来到了运河的岸边。

河水翻卷着细细的泡沫撞击着堤岸,停泊在岸边的一条没有顶篷的小船在水中摇晃着,几个船工正在甲板上挂帆。

在河岸上呼啸的风声中,梅梅再一次走近他。这一回哑巴站着没动,梅梅走到他的身边,从被风吹散的发丛中摘下一对耳坠递给他。她的手指滑过他那张被泪水弄得湿乎乎的脸,哑巴的身体不住地战栗起来……

那条船是拂晓的时候离岸的,在天边布满的灿烂霞光中,镇子上空的瓦楞上已经升起了缕缕炊烟。梅梅站在船头,看着哑巴越来越小的身影和他背后渐渐模糊不清的村落,泪水又一次流了下来。

7

"柳柳可真是个好女人。"赵立本说。

赵龙没有吭声。他坐在酒坊的一角,在黄昏的灯光下有些神不守舍。

此刻正是店里人多的时候,在屋子里飘散的烟草的雾气之中,那些聚集在一张张方桌边喝酒的人显得影影绰绰的。

敞开的门洞中不时有人走进来，到柜台边付钱要酒。柜台边的那只火炉眼下烧得正旺，老板娘正在往炉膛里添柴。

赵立本坐在他的对面，慢慢地转动着手里的酒杯，察看着四周的动静，仿佛正在等待着一个什么人。更生托着酒盘，摇摇晃晃地在人群中穿来穿去。

赵龙在上灯时分就来到了这里，他坐在靠窗的这张木桌边一杯杯地喝着酒，现在，他已经微微有了一些醉意。阴暗潮湿的酒坊里发出的猜拳和酒杯碰撞的声音越来越使他感到气氛有些不对，老板娘伏在柜台上，时常投来漫不经心的一瞥，她的脸上不同往常的笑容增加了他的不安。

“许多天前，柳柳就坐在你的位置上。”赵立本说。

“柳柳？”

“对，柳柳。”赵立本说，“她可真是个好女人，村里所有的男人都想跟她睡觉。”

“你一定是喝醉了。”

“没醉。”赵立本说，“这些天，我常常梦见她。”

“我大概得走了。”赵龙说。他站了起来，赵立本按住了他。

“还有几天？”赵立本说。

“什么？”

“我是说除夕。”赵立本打了个饱嗝，“三老倌从外乡请来的戏班子昨天已经到了。”

“我看见他们在村中晒场边上搭戏台。”

“如果那两个瞎子的话应验,你也许等不到那一天了。”赵立本说。

赵龙怔了一下,他战栗的身体使桌子的榫头发出吱吱嘎嘎的声音。

“我只是开个玩笑,瞎子的话不可全信。”赵立本呷了一口酒,“但也不可不信。”

赵龙感到胸口积压的阴云像打开闸门的洪水一样涌了出来,弥漫在屋里潮湿的水气之中,他又一次站起来,跌跌撞撞地朝前走了几步。身后传来的一阵清脆悦耳的声响使他停住了脚步。他转过身,看见赵立本将两枚鸡血色的手镯放在桌子上。

赵龙重新回到桌边,坐了下来,他抚弄着那两枚手镯眼前浮现出柳柳抖抖索索的身影。

“听父亲说,你已经将手镯还给他了。”

赵立本笑了起来:“那是我花了四文铜钱从珠宝铺里买来的,两副手镯看上去简直一模一样。”

“等我喝完了这杯酒,我就将它还给你。”过了一会儿,赵立本又说。

夜色已深。最后的几个酒客也正在懒散地离去。更生手里捏着一块抹布正在揩擦着那些桌子,他的背影被昏暗的光线衬得模模糊糊的。

窗外的月亮已经升得很高了,风吹动着窗幔,赵龙在刺骨的冷风中一连打了好几个寒战。老板娘双手支撑着下巴,伏在柜台上,一动不动地看着他。

更生手里拿着那块长长的抹布一声不吭地朝他走过来,他一边朝前走,一边朝身后张望。赵立本不知在什么时候已经离开了桌子,走到了大门的边上。

赵龙忐忑不安地扶着桌沿站了起来,更生走到了他的跟前,朝他脸上啐了一口唾沫,一脚将那张桌子蹬翻了,桌上的油灯在对面的墙上摔得粉碎,溢出的火油被火引着,潮湿的墙脚发出一片"滋滋啦啦"的声音。

赵龙贴着墙壁往门边移了不到一丈远,他看见王胡子挑开门帘,嘴里叼着一根烟斗从里屋走了出来。赵龙像是意识到了什么,他踉踉跄跄地窜到门边,赵立本嘿嘿地笑了两声,将他推了回来。

王胡子踱到他的近旁,突然揪住了他的衣领,将他提了起来重重地摔到了门框上。赵龙隐约听见脑后咕咚响了一声,一股甜滋滋的血腥味从喉管涌了上来。他瘫在门槛边,看见老板娘在柜台里打了一个长长的呵欠,脸上挂满了笑容。

赵龙想不起自己是怎么来到柜台边的,他感到自己此刻和那个浑身散发着松脂香味的女人挨得很近,他回忆起不久前在里屋的床上和这个女人做过的一切,一种冰凉的寒流爬遍了他的全身。他嘴角流出的血一滴一滴地落在柜台上。赵龙聆听着墙上钟摆发出的“嘀嗒”声,伸手拽住了女人的袖子。女人笑了一下,轻轻推开了他。

赵龙刚刚缓过一口气来,突然觉得背后有人推了他一下,他感到自己像是一片被风卷起的树叶,朝前飘了一段,一头栽倒在墙角那排装满酒坛的木架上,木架上的酒坛骨骨碌碌地滚落下来,飞溅的酒汁将他的衣服浇得濡湿。

王胡子从柜台上抓过一支点燃的蜡烛正准备朝他扔过来,老板娘一把拽住了他。

赵龙蜷缩在墙角,看见老板娘扑哧一声将蜡烛吹灭了。“算了吧,他反正是快死的人了。”他朦胧中听见老板娘说了一声。

时间过了很久。赵龙再一次迷迷糊糊地睁开眼。屋子里空空荡荡的,王胡子正背对着他在柜台上一遍遍地数着铜钱。赵立本站在灰暗的屋门前,看上去已经有些等得不耐烦了。

“才这么几个钱,”王胡子说,“连买两斤烟丝都不够。”

“我们已经在这里守候他三天了。”赵立本说。

更生讪讪地笑了两声,从口袋里摸出一锭银子放在柜台上。

赵龙看见王胡子心不在焉地瞥了自己一眼,又看了看柜台里的那个女人:“你刚才看见我那样揍他,一定心疼了吧?”

女人没有吱声,她胸前绿袄的前襟敞开着,露出里面白色的汗巾,闪烁的炉火将她的脸映得红扑扑的。

“你其实真的不愿意我那样揍他。”王胡子凑近她,“你是担心这个死鬼的晦气败坏了你酒店的门面。”

“算了吧,他根本不顶用。”女人说。

更生装着没有听见这句话,转身走开了。

王胡子将柜台上的钱捋进一只布袋,搭在肩上,打了一个呼哨,和赵立本一前一后在门外的树林里走远了。

8

戏班子搭乘的那条大船是在中午时分停靠在墨河岸边的。那些披红挂绿的人从船上下来,刚刚走到村口,哑巴一眼就认出了他们。

几十年前,他就是跟随着这个戏班子来到子午镇上的。他们在子午镇唱了三天,在一天黎明悄悄离开了这里,将哑巴孤身一人撇在这个傍水的小镇上。现在,这个戏班的人马几经薪积浪淘,当年的账房、几个鼓手和琴师都已经变得苍老不堪。当哑巴突然出现在他们面前的时候,那个年老的账房惊讶得半天说不出话来。

哑巴也像是在顷刻之间变成了另外一个人，在戏班子到达子午镇的这些天里，人们时常可以看见他混迹于那群戏子中间，扛着搭戏台用的竹竿和门板，在村中的扇形晒场上转来转去，看着他身上重现的那些轻佻逗趣的举动，村里的人们仿佛又一次回到了往昔的岁月。

戏班子的来临勾动了翠婶内心深处一缕隐秘的酸楚。尽管她在赵家大院生活了几十年，但那种寄居异乡漂泊无定的感觉一直缠绕着她。她恍惚觉得自己刚刚来到这里，梦幻般的时光在不久之后又会将她带回到僻远的故土，带回到那个飘浮着鱼腥味的水边的竹楼，带回到那些潮湿的夜晚……

这些天，哑巴的整夜不归使这个本来就空阔的大院变得更加冷清。在和这个聋哑人朝夕相处的这段漫长的日子里，她从来没有和他说过一句话，但是，这个影子般的男人一旦从她的视线里消失，她便会感到一种无法言说的孤寂。

尽管哑巴天天都和那些唱戏的人厮混，但是当三老倌在村中摆下酒席宴请那帮远道而来的戏子的时候，他却一声不吭地回到了家里，他的双目中饱含的游移不定的光芒中似乎隐藏着鲜为人知的心事。翠婶越来越感觉到，在赵家大院发生的一连串的不幸中，他或许知道更多的事。

到了晚上，翠婶躺在后院的那间用人房中，在经受失眠煎熬的同时，感到了另一种隐隐的担忧，她担心哑巴会在不久之

后的一天随着戏班子的离开一去不返。当她疑虑重重地将这个心事告诉赵少忠时,他只是漫不经心地说了一句:

他本来就不是赵家的人,随时都可以离开这里。

这句充满暗示的冰凉的话使翠婶差一点儿没流下泪来。

现在,离腊月二十八只剩下最后的三天时间了。瞎子预言中的那个神秘的日子正在一寸寸地向她逼近,她的心也一天天地悬了起来,她夜复一夜地在赵龙的门上上锁,到拂晓的时候又将它悄悄打开,渐渐地已经形成了固定的习惯,就像每天黄昏或黎明开关鸡栏一样。起先,她的这个荒唐的举动一直是在暗中进行的,谁都像是没有察觉。终于有一天,她忘了打开赵龙门上的锁,跟着赵少忠去了大窖庄,赵龙在那间廊下的小屋里一直被关到天黑。这个偶尔的疏忽并没有使她放弃自己顽固的信念,相反她更加留意赵龙的一举一动,她相信腊月二十八日这天一旦过去一切都将太平无事。

这些日子,赵少忠仍像往常一样天天起得很早,她常常看见他坐在后院廊下的那处护栏石上,一锅接着一锅地吸着旱烟,在渐亮的天色中,看着井栏边的那排阁楼发愣。有时,他整天缩在那间尘封的斗室里翻阅着一本本发黄的旧书,有时独自一人沿着弯弯曲曲的墨河的堤岸走到赵家的墓地上。他步履蹒跚,反应迟缓,但目光却越来越变得犀利、清澈。

“这个可怜的人一定是在选择自己的墓地。”在子午桥边晒太阳的一个老人不止一次地这样说,“看上去,他恐怕也活不长了,他的眼神和赵伯衡临终时一模一样。”

翠婶虽然没有见过那个孤独的老人的晚年,但是她从村人零碎的叙述中依稀知道了那场大火之后的一些事,这些事构成了眼下充满晦气的时光的深邃背景,她的眼前一次次闪现出那场大火虚幻的光影,那个老人枯干的身影渐渐变得清晰起来。

这天午后,外乡的两个亲戚来到了赵家大院。他们带来了一袋蘑菇、半拉子山羊、两只甲鱼以及其他的一些年货。由于路途遥远,外地的那些久已不通音讯的亲戚对于赵家大院近来发生的不幸一无所知。

这个年过半百的女人是来向柳柳提亲的。整整一个下午,她坐在后院的井栏边,喋喋不休地谈论着一些细琐的往事,那个穿着马褂的年轻人显得局促不安,他注视着晾衣绳上停息的几只啁啾的麻雀,脸憋得通红。

翠婶很早就觉察到了他们的来意,她在廊下编扎着一把笤帚,面对着那个腼腆的年轻人不时投来的目光,不知道说些什么好。

“她已经死了。”赵少忠手里捻动着一根稻草,叹息了一声。

赵少忠无奈之中说出的这句话使那个丰腴的女人差一点

没笑出声来,在这个熟谙世事的女人看来,它无疑是自己的提亲遭到拒绝的一种信号。

“你是在跟我开玩笑吧?”她说。

翠婶流着眼泪诉说着不久前发生的那些事,女人脸上挂着的笑容渐渐凝固住了。

在长久的沉默中,天光已经暗淡下来,屋外的墨河边传来了琴师调弦的声响。

“这些事真让人不敢相信。”过了许久,女人心不在焉地说了一句。

“想起来真像做梦一样。”翠婶说。

“没想到赵家就这样败了……”女人的话刚一出口,就感到了后悔。

赵少忠的脸色突然变得晦暗起来。翠婶看到他眼中有一缕不易捉摸的光芒在空中忽闪了一下,旋即熄灭了。

“那两个瞎子的话听上去有些离奇。”女人说,“会不会……”

“什么?”赵少忠看了她一眼。

“我是说那两个瞎子会不会事先就知道了那些事?”

“谁知道,这些事把我都弄糊涂了。”翠婶说,“那两个瞎子像是住在很远的地方,每年冬天,到了下雪的日子,他们就翻过马脊山来到了镇上。”

“瞎子的话多半是胡说八道。”女人说，“我觉得赵家是不是和子午镇的什么人结下了仇？小时候，我常听大人提起过去的那件事。”

“什么事？”

“那场大火。”女人说，“村里的人得到消息赶到这里的时候，天已经亮了。”

赵少忠一声不吭地站起来，拄着拐杖慢慢地走开了。

第二天一早，翠婶来到灶屋生火做饭的时候，发现那些搁在灶脚边的年货不见了，前院的大门敞开着，那两个外乡的亲戚也许在深夜的时候悄悄地离开了赵家大院。

9

面对着眼前疾速飞动的云影，赵龙在高高的马脊山的山顶站立了许久。

山脚下光秃秃的田畴和荒芜的丘陵向天边伸展着，在若明若暗的苍穹下，松树的涛声一阵阵掠过他的耳际，山顶上那座倒塌的塔楼掩埋在深深的枯草丛中，运河的河道像一条闪闪发亮的缎带绕过一片又一片树林，迤逦远去。河面上往来的船只的帆影在远处静静飘移。山坳中采药的老人在竹林深处时隐时现，北风越过山脊将四周冰冻的干雪吹得像杏花一样四处纷飞。

在旷野的尽头，一带稀稀落落的渔村和村外的桑林有一半沐浴在阳光里，另一半浸没在如晦的阴影之中。村头山羊间断的叫声不时随风而至，赵龙注视着那片破破烂烂的村庄，在松子的香味和茶树散发的气息中，他那颗剧烈跳荡的心房渐渐安静下来。

赵龙从马脊山上下来的时候，天光已过中午，他穿过一排排槐杨树丛，来到了那个矗立在河边的孤零零的村庄边上。

村子里寂然无声，村头的树林中晾晒着一张张渔网，几条早已朽坏的舢板闲搁在一幢幢土墙的边上。那些闲坐在阳光中做针线的妇女静静谈论着什么，在麦田里追逐风筝的小孩不时地转过身来打量着他。

赵龙跟着一个卖酒酿的老人走到了村中，那两个瞎子的茅屋坐落在一口干涸的池塘边，房舍边高大的刺树在风中沙沙作响，树梢上空的一只乌鸦盘旋了一会儿，呱呱地飞远了。茅屋低矮的门扉前蜷曲着一条黑狗，门上的一把铁锁已经锈迹斑斑。

赵龙在茅舍边若有所失地转悠着，一个在池塘边劈柴的女人提着砍刀朝他走了过来："这两个瞎子在几个月前就不见了踪影。看着你心神不定的样子，一定有什么要紧的事吧？"

"没什么事。"赵龙说，"你知道他们去哪儿了吗？"

“这可说不清。”女人说，“每年冬天的时候，他们就出门远行，没有人知道他们去了哪里。”

“他们什么时候回来？”

“我也说不清。”女人说，“不过眼下就要到年关了，他们说不定正走在回来的路上。你是不是在村上的客店里住上几天？”

赵龙没有吱声，他绕过那片池塘慢慢朝村外走，那个卖酒酿的老人将货担歇在村中的一条深巷口，他的叫卖声在寂静的山野中回荡了很久。

昨天黄昏，子午镇上的巫婆踮着小脚来到了赵家大院，她神色慌张地告诉赵龙，村西的一个死去的老人突然活了过来。“他在两个月前就染上了伤寒，家人在河边的树林里为他搭了一个棚屋，”巫婆说，“几天前他就躺在棺盖上人事不知，今天早上我们都以为他已经死了，谁知就在替他换寿衣的时候，他突然睁开了眼睛，到了下午就能下床走动了。”

“人死复活可不是一个好兆头。”巫婆说，“今天一整天村里的大人小孩都在谈论着这件事。”

“他们说些什么？”

“他们说那两个瞎子的话不久就要应验了。”

赵龙愣了半晌，没有说话。

“有些事不知道该不该告诉你。”巫婆说。

“什么事?”

“村里有好多人暗中都在钱老板的店铺里为你订购了花圈。”

“你是在说笑话吧?”赵龙颤抖着说了一句。

“我刚从花圈店那儿过来。”巫婆说,“我一辈子给四乡数不清的人送了终,可从来也没碰上这样的事。”

“村里人都在说那个戏班子到镇上来是为你送葬的。”过了一会儿,巫婆哆哆嗦嗦地又说了一句。

“我听说那个戏班子是三老倌从外地请来的。”

“话是这么说。”巫婆怔了一下,“我每天傍晚都看见那个琴师在河边调弦。”

巫婆的脸色苍老而晦暗,她坐在一张竹椅上,由于身体的战栗,竹椅不时发出吱吱嘎嘎的响声,她一边说着那些令人毛骨悚然的话语,一边不安地察看着四周,好像不幸的厄运就要降临到她的身上一样。

“我看你还是到马脊山那边去一趟。”巫婆说,“既然那两个瞎子能够预知吉凶福祸,他们也一定知道驱邪避难的良方。”

那个巫婆刚刚离开赵家大院,赵龙就孤身一人来到了后街钱老板的花圈店里。

店铺的栏栅下堆满了大大小小的花圈,令人不安的纸花的香气在很远的地方就能闻得到。幽暗的门洞里坐着几个披着纱巾的年老女人,她们在残阳的光线下正在剪下一朵朵纸花,用铅丝绑在苍翠的松枝上。门里不时有几个披麻戴孝的人举着花圈走出来。赵龙凝视着花圈上摇曳的那些白色或黄色的纸花,感到一阵阵晕眩。那些花朵仿佛是挂在死者脸上的笑容,又像是不祥的命运延伸出来的幻影,使他惊悸不已。

“事情的确就是这样。”钱老板笑了一下,他正站在一张木梯上,将刚刚扎好的花圈往墙上挂。

“起先我也不知道村里的人订购那些花圈派什么用场。”钱老板说,“瞎子的事我直到昨天才听说。”

赵龙站在店铺的门槛边,呆呆地看着他。

“我压根儿不相信那两个瞎子的话。”钱老板说,“可是村里的其他人可不这么想,这些天村里到处传播着一些离奇的说法。”

“什么?”

“很多人告诉我,他们天天晚上梦见你。”

“梦见什么?”

“有些事我还是不告诉你的好。”钱老板说。

“你知道那两个瞎子住在哪儿?”

“好像是住在马脊山下的什么村子里。”钱老板笑了一下,“其实你根本用不着这样担惊受怕,后天就是腊月二十八了,过了这几天,一切都将平安无事。"

赵龙翻过马脊山往回走的时候,已是掌灯时分,天空布满了闪亮的星斗,田野和树木的轮廓在灰暗的光线下变得模糊不清。刺骨的寒风迎面扑来,在他的身后发出如泣的喧啸声,村里那些熟悉而又陌生的脸在他眼前晃来晃去,那些饱含敌意的目光附着在林间的风影之中,使他透不过气来。

10

腊月二十八日这天,赵龙并没有觉得这个预言中不祥的日子和以往有什么不同。在村中舂米房传来的木桩敲击石臼的声音中,他坐在院外那排凋萎的鸡冠花丛边,感到了一种从未有过的寂静。

太阳已经升到了那些掉光了叶子的树梢的顶端,枯水时节的墨河上折射的炽烈的光线懒洋洋地覆盖在岸边的船篷上。叽叽喳喳的妇女在桥下的水码头上忙碌着,水流被搅动的声响不时传来。他的目光越过那幢新砌的店铺的瓦楞和尖顶,看见三老倌的几个帮工正把剁掉了根茎的茜草往一辆板车上装,他们的身后是大片裸露的田野,浅绿色麦地一直延伸到遥远的天边。

院子里空空荡荡的,几只斑鸠栖息在屋檐下那带忍冬花藤的虬枝上,它的啼叫引动了远处的一群灰白色的喜鹊,它们从院落上空飞过的时候,在地面上投下了一层斑驳的翅影。

翠婶正在墙角那处歪倒的竹篱边喂鸡。黎明的时候,赵龙就听到她的脚步声在卧房外的回廊下转来转去。在最近的这段日子里,这个胆大而谨慎的外乡女人成了他内心深处唯一的慰藉,随着时间的推移,她一天天变得忧郁的目光越来越使他感到不安。这些天,赵龙察觉到翠婶一直在暗中注视着自己。一连几个不眠之夜,他常常发现翠婶在三更半夜的时候从床上爬起来,悄悄溜到院外的河边去烧纸,翠婶无意之中流露出来的慌乱使赵龙坠入了无边的黑暗之中。

那天早上,赵龙睡眼惺忪地来到前院,看见灶屋里飘散出一股股浓烟,翠婶咳嗽着从里面跑了出来,她告诉赵龙灶屋的烟囱由于很长时间没有人清扫,它像是被陈积的炱垢堵住了。赵龙从后院搬来了一张木梯,正准备朝屋顶上爬,翠婶拽住了他。

“你还是别上去了,”翠婶说,“等过了这些天再说吧。”

赵龙怔了一下。看着翠婶若有所思的神态,他忽然意识到了那两个瞎子的话在她灰褐色的脸上留下的沉重的阴影。

“很少能看到这么好的天气。”翠婶说,“冬天眼看就要过去了。”

“我每天都能听到那种声音。”赵龙说。

“那是胡琴，”翠婶笑了一下，“那个年老的琴师又在河边调弦了。”

翠婶站在鸡埘边，聆听着远处萦绕不散的乐音，看上去她像是担心那根琴弦会突然绷断。

“今天已经是腊月二十八了。”翠婶说，“看起来灾祸早已过去了。”

“也许压根就没有瞎子所说的那回事。”赵龙说。

“镇上有好多人为今天的事打了赌。”翠婶忧心忡忡地说。

赵龙正想说什么，他看见父亲拄着一根拐杖来到了前院。他一声不吭地走过他的身边，瘦长的影子漫过被阳光烤化的地面上的封冻，慢慢走到了墨河岸边。他的身影站在早已颓朽的桥栏边，看上去显得有些可怜。

“瞎子的话一直使他愁眉不展。”翠婶远远地看着父亲单薄的身影，叹息了一声，“赵家大院近来发生的这些事使他一下子老了许多，如果你再出点事，他恐怕真的就挺不过去了。”

她的眼泪又一次流了下来。

赵龙坐在院外的墙边，看着太阳一寸寸地升到中天，然后慢慢西沉，感到了一种抑制不住的激动。苍穹下的一切都显得安详而静谧，他似乎觉察到笼罩在院落上空的晦暗的阴云正随着风向的偏转悄悄散开，接连不断的倒霉的日子在这即将过去的一天终于显出了中止的迹象。

傍晚的时候,坐在堂屋的餐桌前,赵龙连日来第一次有了这么好的胃口。赵少忠坐在他的对面,一杯接着一杯地喝着酒,翠婶匆匆忙忙地扒了几口饭,不知什么时候已经走开了。

赵龙记得在往常的日子,他几乎从来没有和父亲说过什么话,每到他们独自面对的时刻,赵龙总是感到一阵莫名其妙的局促不安。现在,在飘摇的油灯的光亮中,父亲长久的沉默并没有使他感到往昔那种难言的尴尬。他布满皱纹的脸渐渐润朗起来,但眉下那种不易捉摸的目光却一如从前。

“这些天我一直想着那些事。”赵龙说。

“什么事?”

“我也说不清,”赵龙说,“一想起它就让人感到不自在。”

“你看到了什么?”

“没有。”赵龙说。

赵少忠站起来替他斟酒的时候,他的影子在对面的粉墙上晃动着,赵龙感到了一阵阵的温暖。

夜色已深,越过黑黢黢的院墙,他看见墨河边的树篱中飘闪着点点渔火,狗的吠叫在沉寂的旷野中响了很久。翠婶在灶下洗碗的声音变得模糊而遥远起来,他感到房梁和墙壁重叠的影子在他眼前旋转起来。

踏着幽暗的月光,赵龙回到了自己的卧房。他躺在木床上,在昏昏沉沉的醉意中,他总觉得有一种奇异的感觉紧紧地缠绕着他,使他久久难以入眠。

过了一会儿,一片罩灯的光亮朝这边移过来,翠婶像往常一样站在窗下静静地看了他很久,然后在那扇门的铁环上落了锁,上锁的声音再一次使他感到了安全,随着那片灯光在月夜中悄悄消敛,他迷迷糊糊地进入了梦乡。

后半夜的时候,屋外突然刮起了大风,屋顶上不时有一些瓦片被风吹落,摔碎在院子里,窗子的木门在风中咣当咣当地响着。

赵龙正准备起身将那扇窗子关上,隐约看到窗口有个什么东西的影子像鸟一样一闪而过。赵龙的内心像是被针锥刺了一下,他屏住呼吸,在呼啸的风声中,他听见门上的那把铜锁响了一下,接着,他就听到了钥匙在锁孔里转动的声音。

赵龙刚刚来得及从床上坐起来,那扇门吱嘎一声就被轻轻地推开了。一阵冷风挟带着沙土和树叶飘扑在他的脸上。那个黑影跨过门槛,蹑手蹑脚地走进了他的卧房。赵龙在那扇房门被重新关上的一刹那,看到了对面那排阁楼的墙上映衬出来的熟悉的身影,他在慌乱之中划亮了一块火石,在那道一闪即逝的光亮中,他看清了父亲那张苍白的脸。

那道火光在顷刻之间划过他的心底,照亮了过去噩梦般的不真实的日子,许多天来在他眼前飘来荡去的那个模糊的幻影陡然变得清晰起来。弥漫在屋子里的烟草的气息使一切都虚恍如梦。

赵龙觉得自己周身的血液都被冰冻住了,当那个黑影悄悄朝他走近的时候,他感到一种令人难以置信的恐惧正把他的躯体一片片撕碎。

赵龙僵直地坐在床头,在浓浓的酒意中,心头交织的惊恐和渴望入睡的欲望使他拉了一下被角,遮住了自己的脸。

尾 声

在去墓地的路上，翠婶的眼前一遍遍地重现出昨天早上在那间阴暗的卧房中看到的情景。她怎么也想不起来那个人是从什么地方钻进赵龙的屋子的。在夜深人静的晚上，那间小屋里发生的事像拂过旷野的轻风一样没有留下一丝痕迹。

屋子里凌乱不堪，赵龙歪倒在床边的墙上，看上去正在熟睡，被褥上落满了瓦片和树叶，他张得很大的嘴巴上覆盖着一层泥块和石灰的粉屑。屋顶上被掀掉了瓦片的缝隙中露出了外面的一片湛蓝色的天空。她注视着赵龙的尸体，感到那座摇摇欲坠的房梁随时都会倒塌下来。

在除夕之夜举行的葬仪显得格外隆重，村里所有的人都赶来为他送葬，尽管村里的人们对瞎子在晒场边神秘的预言深信不疑，但是，它的灵验依然使人感到惊恐不已。葬礼上肃穆的气氛再一次勾起了村人同情的泪水，他们一路念叨着赵家的兴盛、败落以及不可捉摸的命运，妇女们泣泣答答的啼哭声一直持续到深夜。

那个外地来的戏班子走在送葬队伍的前面，由于惦记着晚上的演出，他们一路拉着不成调的曲子，显得有些漫不经心。

深夜的时候，走散的人群将翠婶孤身一人留在荒凉的墓地上，她静静地烧完了那些花圈，呆呆地坐在坟边。村中传来的胡琴的声音远远地陪伴着她。面对着月明星稀的天空，她记忆中的一切都像琴声一样融入夜幕下肆虐的风声。

哑巴是第二天黎明离开子午镇的。

翠婶看见他跟在那群披红挂绿的戏子的身后跨上了那条停泊在岸边的大船，大船在逆风的水面上走得很慢，到了晌午的时候，它才在远处被阳光照射得闪闪烁烁的水面上消失。

哑巴的离去使翠婶感到了身处异地的一丝忧伤，南山寺庙里的钟声随风飘过来，像是一个沙哑的嗓音在枯苇掩映的河道上呼唤着她的名字。

在空中弥漫的节日的硫黄气息中，翠婶在子午桥边的树林中站立了很久，村中燃放鞭炮的响声在山野里久久回荡，她看见那些拜年走亲的人群在遥远的地平线上不紧不慢地走着，墨河对岸的枯树林边，一只只风筝拖带着长长尾翅在明朗如洗的天空越飞越高。

翠婶回到赵家大院的时候,看见赵少忠正坐在前院的一张藤椅中看着她。他脸上温柔的目光使翠婶感到了一阵躁乱,它仿佛是一朵枯萎鲜花的余香又一次将她带回到遥远的往昔。

翠婶绕过那排回廊朝后院走的时候,赵少忠远远地跟了过来,地面上晃动的瘦长的身影和轻轻的脚步声使翠婶突然意识到了什么。她转过身来,看到了他枯皱的脸上泛出早已消失的红润的光泽,他长久的注视像一根细细的鹅毛撩拨着她的内心。一股悄然而至的热流使她的两脚不住地战栗起来。

翠婶刚刚跨过卧房的那道门槛,赵少忠就在身后将她拦腰抱住了。她啜吮着他身上散发的烟草的气息,泪水止不住地流了下来。她感到自己又回到了年轻的时光,回到了那个萦绕着樟木香的盛夏之夜,她渴望已久的梦幻般的时刻终于奇迹般地降临到了她的身上。

赵少忠将那副鸡血色的手镯套在她的手腕上,皮肤上残留的那种凉飕飕的感觉立刻爬遍了她的全身。

翠婶躺在卧房阴湿的地上,窗洞中洒进来的一缕阳光刺得她睁不开眼,她的耳边灌满了他沉重的喘息声。许多天来一直缠绕着她的晦暗的阴云伴随着屋外远去的风声消失得无影无踪。她的呼吸变得越来越急促,衰老的躯体渐渐潮润,她感到高潮正在远远地到来。

图书在版编目(CIP)数据

敌人/格非著. —杭州: 浙江文艺出版社,2020.1(2020.11 重印)
ISBN 978-7-5339-5814-5

Ⅰ. ①敌… Ⅱ. ①格… Ⅲ. ①长篇小说—中国—当代
Ⅳ. ①I247.5

中国版本图书馆 CIP 数据核字(2019)第 200250 号

策划统筹: 曹元勇
责任编辑: 王丽荣
封面设计: 人马艺术设计·储平
责任印制: 吴春娟

敌人
格非 著

出版: 浙江文艺出版社
地址: 杭州市体育场路 347 号 邮编: 310006
网址: www.zjwycbs.cn
经销: 浙江省新华书店集团有限公司
印刷: 上海中华商务联合印刷有限公司
开本: 850 毫米×1168 毫米 1/32
字数: 150 千字
印张: 8.5
插页: 4
版次: 2020 年 1 月第 1 版
印次: 2020 年 11 月第 2 次印刷
书号: ISBN 978-7-5339-5814-5
定价: 48.00 元(精装)